KB274943

손님 어디로 모실까요?

—LA한인 택시 운전사들의 이야기

손님 어디로 모실까요?
백 훈 소설

초판 인쇄 | 2007년 08월 20일
초판 발행 | 2007년 08월 25일

지은이 | 백   훈
펴낸이 | 신현운
펴는곳 | 연인M&B
디자인 | 이희정
기   획 | 여인화
등   록 | 2000년 3월 7일 제2-3037호
주   소 | 143-874 서울특별시 광진구 자양동 (680-25호(2층)
전   화 | (02)455-3987, 3437-5975 팩스 | (02)3437-5975
홈주소 | www.yeoninmb.co.kr
이메일 | yeonin7@hanmail.net

값 10,000원

저자와의 협의에 의하여 인지는 생략합니다.
ⓒ 백 훈 2007 Printed in Korea

ISBN 89-89154-85-3 03810

백 훈 소설

손님 어디로 모실까요?

—LA한인 택시 운전사들의 이야기

　많은 세월이 흘렀다. 중학교 시절, 국어 교과서에 실린 '황순원'의 '소나기'를 읽으며 '나도 아름다운 소설을 쓰는 작가가 되어야지…….' 하는 꿈을 가진 이후 오늘에 이르기까지 나는 내가 택한 소설가의 길을 후회해 본 적이 없다. 먹고 살기 위해 이런저런 일을 해 오면서도, 그것은 부업이요 소설이 나의 본업이라는 생각으로 살았다.

　하지만 이런 생각에 비해 아직까지도 자신 있게 내놓을 만한 작품이 없어 부끄럽기만 하다. 다만 책을 낼 때마다, 잘 팔리면 좋은 일이고 안 팔려도 작품은 남는다는 오기로 천박한 소설은 쓰지 않았다는 것에 조금은 긍지를 느낀다.

이 책의 소설들은 코리아타운에서 살아가는 서민 동포들의 삶의 모습을 그린 것이다. 미국에 이민 와 10년을 넘게 살면서 내가 확인한 것은 그야말로 '삶은 어디에나 있다'는 평범한 사실이다. 이것을 진작 알았더라면 이민을 오지 않았을까? 아메리칸 드림? 가끔씩 왜 이민 왔느냐는 질문을 받으면 이렇게 대답한다. 그냥 떠나고 싶었어요…….

2007년 초여름
'파사디나' 집필실에서
백 훈

새벽 3시의 콜 _ 09

5월의 연가 _ 31

새벽 3시의 콜

전화벨 소리가 연이어 울려댄다.

깊은 잠에 빠져 있던 철호는 다소 짜증을 실어

전화를 받는다.

눈을 비비며 바라보는 시계는 새벽 3시를 가리키고 있다.

"여보세요, 택시 아니예요?"

나이를 가늠할 수 없는 여자의 목소리이다.

맑긴 하지만 왠지 음산한 느낌이다.

철호는 습관처럼 대답한다.

"네 명동택시입니다."

전화벨 소리가 연이어 울려댄다. 깊은 잠에 빠져 있던 철호는 다소 짜증을 실어 전화를 받는다. 눈을 비비며 바라보는 시계는 새벽 3시를 가리키고 있다.

"여보세요, 택시 아니예요?"

나이를 가늠할 수 없는 여자의 목소리이다. 맑긴 하지만 왠지 음산한 느낌이다. 철호는 습관처럼 대답한다.

"네, 명동택시입니다."

"여기는 하버드와 5가의 아파트예요. 지금 차가 올 수 있나요?"

철호는 잠시 망설인다. 너무 졸리니 그냥 포기할까. 박형에게 전화로 넘겨 버릴까…… 아니야, 무슨 소리, 요즘 같은 불경기에 한 손님이라도 더 잡아야지…….

"여보세요, 듣고 있어요? 올 수 있냐구요?"

여자의 목소리가 한 옥타브쯤 올라간다. 이 여자 급하긴…… 철호는 천천히 말을 받는다.

"네 7, 8분쯤 걸립니다. 위치를 자세히 말씀해 주세요."

한인타운의 택시 운전사들은 전화를 받으면 의례 7, 8분쯤 걸린다고 안내를 한다. 그런데 이 7, 8분이라는 시간은 정말 묘한 시간이다. 정확히 지켜주면 물론 좋지만 10분이 조금 넘게 걸려도 그리 미안하지가 않은 그런 시간이다. 하지만 처음부터 10분쯤 걸린다고 안내를 하면 대부분의 손님들은 너무 오래 기다리게 한다며 투덜거리기 마련이다.

산타모니카 왕복은 40달러

철호는 주소를 받은 뒤 얼른 옷을 챙겨 입는다. 잠시 후, 철호는 아파트 주차장을 나선다. 흠, 맑으면서도 왠지 음산한 느낌의 여자라…… 그런데 새벽 3시에 무슨 볼일이 있어 택시를 부른단 말이냐…….

정확히 13분이 걸렸다. 철호가 차를 세우자 마자 아파트 입구에서 기다리던 여자가 얼른 뛰어나온다. 20대 후반으로 보이는 여자, 화장기가 없지만 희고 맑은 얼굴이다. 다소 길어 보이는 머리를 성의 없이 뒤로 동여맸다. 마른 몸매에 키가 큰 편이다. 여자는 목이 거의 가려지는 검은색 티셔츠를 받쳐 입고 초록 빛깔의 점퍼를 걸쳤다. 역시 검은색의 바지를 입고 있다.

"아휴, 택시 아저씨들은 다 엉터리야. 전화를 받으면 7, 8분 걸린다고 말을 해놓곤 지키지도 못해요."

여자는 운전석 옆자리에 앉는다. 철호는 왠지 당황스럽다. 아이고, 이 여자 봐라. 뒷좌석으로 안 앉고 옆에 앉는 것은 또 뭐람. 이 시간에…… 철호는 여자를 바라보며 묻는다.

"어디로 모실까요?"

"빨리 이 동네를 벗어나 주세요. 그리고 산타모니카 바닷가로 좀 가 주세요."

여자의 재촉에 철호는 일단 아파트 앞을 벗어난다. 하지만 황당한 기분이다. 바닷가라니, 그것도 이 새벽에…… 그러고 보니 여자에게선 술 냄새가 난다.

"아니, 그저 바닷가에 가려고 차를 불렀어요? 이 시간에?"

옆자리의 여자는 빤히 철호를 쳐다본다.

"내가 어딜 가든 무슨 상관이에요? 그쪽은 택시비만 받으면 그만이잖아요."

이렇게 나오면 달리 할 말도 없다. 철호는 불쾌한 기분을 털어 버리기 위해 고개를 한번 저은 뒤 10번 프리웨이 방향으로 차를 몰아 나간다.

철호의 침묵이 다소 부담스러운지 여자는 무언가 말을 하고 싶어하는 눈치이다. 하지만 철호는 더 이상 여자를 상대하고 싶지가 않다.

"미안해요…… 마음이 답답해서 그만 말을 막하고 말았어요."

여자가 한숨을 쉬며 말한다. 잠시 동안의 침묵.

"산타모니카 왕복은 40불입니다. 바닷가에서 머물게 되면 별도로 대기료를 계산해 주세요."

철호는 차갑게 말한다. 다시 침묵…… 여자의 긴 한숨소리가 철호의 귓가에 머물고 간다.

"몇 날을 뜬눈으로 지냈어요…… 그리고 오늘 밤엔 소주를 한잔 마셨어요…… 그러다 보니 용기도 생기고 왠지 바닷가엘 가 보고 싶어졌어요. 산타모니카 바다는 한국의 동해와 이어져 있다면서요?"

철호는 자신도 모르게 여자의 말에 귀를 기울인다.

"……아, 정말 돌아가고 싶어요……."

여자는 마치 자기 자신에게 이야기하듯 천천히 말을 계속한다.

"……미국에 온 지 6개월이 되었어요. 그러니 이제 결정을 해야만해요. 불법체류자로 살 것인지 아니면 돌아갈 것인지…… 그래요, 모든 것을 털어 버리고 돌아가야겠어요…… 아니야, 아니야, 이대로 갈 수는 없어요. 내가 여기까지 어떻게 왔는데, 그리고 또 얼마나 고통을 당했는데…… 정말 이대로 돌아갈 수는 없어요……."

여자의 말에 두서가 없다. 술기운 탓인 모양이다. 여자는 그저 입에서 나오는 대로 말을 해 나간다.

산타모니카 해변에 도착했다. 철호는 백사장 가까운 곳에 차를 세운다. 차에서 내린 여자는 고개를 들어 하늘을 향해 심호흡을 한 뒤 천천히 백사장을 향해 걸어간다.

철호는 난감한 심정이 된다. 여자를 따라갈 수도 없고 그렇다고 그냥 두고 보자니 무슨 일이라도 생길 것 같아 걱정이 된다. 철호는 차에서 내린다. 그리곤 일정한 거리를 유지하며 여자를 따라간다.

두 사람은 어느덧 각자의 생각에 젖어 백사장을 거닐고 있다.

밤바다를 바라보며 철호는 생각한다. 이게 얼마만인가…… 늘 쫓기듯 하루하루를 살아오면서 나 역시 바다를 얼마나 그리워했던가…… 그런데 느닷없이 지금 이 시간에 바닷가를 걷고 있구나. 한번도 본 적이 없는 무언가에 커다란 상처를 입은 한 여자와 밤바다를 거닐고 있구나…… 그래…… 지금 이렇게 몇 발자국 거리를 두고 걷고 있지만 너와 나의 마음은 저기 보이는 달과 별의 거리만큼 멀리 떨어져 있을 것이다. 그래, 나는 나대로 나를 생각하고 너는 너대로 너를 생각하며 우리는 바닷가를 거닐고 있구나…….

그렇게 얼마나 걸었을까. 두 사람은 누가 먼저랄 것도 없이 되돌아 차가 세워진 방향을 향해 걷는다. 어느덧 두 사람은 어깨를 나란히 백사장을 걷고 있다.

"저는 어려서부터 왠지 미국엘 와 보고 싶었어요. 아니, 꼭 미국이 아니라도 우리나라가 아닌 어디든 멀리 떨어진 외국에 나가서 살고 싶었어요……."

여자가 다시 말을 시작한다. 깊은 밤 바닷가를 함께 걷고 있다는 어떤 동질감 때문인가…… 철호는 여자에게 가졌던 불쾌했던 감정이 어느새 풀어진 것을 느낀다. 여자에게 연민의 감정마저 생긴다. 철호는 그저 가만히 귀를 기울여 주는 것이 여자를 도와주는 것이라고 생각한다.

백마를 탄 왕자님

여자는 꿈 많던 고등학생 시절을 마감하고 대학에 진학했다. 일
류 대학은 아니었지만 서울의 한 여자대학 영문과에 진학을 했다.
영어를 잘 배워야 외국에 나갈 기회도 잡을 수 있을 것이라는 기
대감 때문이었다. 어려서부터의 꿈을 실현하고 싶었던 것이다. 하
지만 정작 외국에 나가 무엇을 하고 싶은지 어떤 삶을 살고 싶은
지 누군가가 물어 본다면 대답을 할 거리도 없었다. 공부에 애착
이 있어 유학의 형식으로 수준 높은 공부를 하고 싶은 것도 아니
었다. 그저 막연히 넓은 세상에 나가 살고 싶다는 것이 여자의 소
망이었다.

"……대학 시절에는 친구들과 어울려 영어회화 공부를 한다는
핑계로 미군들과 미팅을 하기도 했어요. 그런데 외국에 나가고 싶
은 마음은 있는데 외국사람을 사귀는 것은 또 '별로……' 더라고
요. 그래서 웨스트포인트를 졸업한 한 미군 장교가 저에게 상당한
호감을 갖고 사귀자며 두 번이나 에프터 신청을 해 왔는데 거절을
하기도 했지요…… 그렇게 세월이 흐르면서 나는 그것이 그저 꿈
에 불과하다는 것을 깨달아가기 시작했어요. 여자의 몸으로 아무
런 연고도 없이 더구나 뚜렷한 목적도 없이 외국에 나갈 수는 없
는 일이었으니까요. 하지만 친구들을 만나 함께 웃고 수다를 떨

때면 습관처럼 말하곤 했어요. 어디 외국으로 나를 데리고 갈 사람 없을까? 정말 그런 사람에게 시집이나 갔으면 좋겠다…… 그런데, 어느 날, 그 사람이 나타났어요. 정말 갑자기……."

여자는 잠시 발걸음을 멈추고 바다를 향해 선다. 철호도 여자를 따라서 바다를 바라본다. 말없이 밀려오는 작은 물결…… 물결들…….

스물다섯 살의 여자에게 어느 날 갑자기 다가온 남자는 하버드 대학을 졸업한 스물일곱 살의 재미교포 2세라고 했다. 여자는 대학을 졸업한 뒤 두 해째 조그만 개인회사엘 다니고 있었다. 여자에게 남자를 소개해 준 사람은 여자의 대학 친구였다. 아니 정확히 말한다면 친구의 친구였다. 여자에게 남자를 소개해 준 친구의 친구 말에 의하면 남자는 미국의 부자 동네에서 귀하게만 자라나 세상 물정이 어둡고 순진하다고 했다. 남자는 한국의 풍습과 문화를 잘 모르는 편이고 한국말도 서툴렀는데 부모에 대한 효성심이 지극해 한국에 나오게 되었다고 했다. 남자의 부모는 아들이 한국 여자와 결혼하기를 바라는 마음에 중매쟁이를 통해 한국여자를 소개받았단다. 그리곤 선을 보라며 아들의 등을 떠밀어 한국으로 보냈단다. 하지만 한번 선을 본 뒤 실망을 한 남자는 중매쟁이의 다음 주선을 거절하곤 한국을 더 알고 싶어 여행을 다니고 있단다. 그러다 우연히 여자를 소개받게 되었다고 했다.

“나는…… 음…… 커피를…… 마신다요.”

처음 만난 어느 호텔의 커피숍에서 어눌한 한국말로 주문을 하는 남자를 보며 여자는 단번에 반해 버리고 말았다. 아, 정말 나를 미국으로 데리고 갈 사람이 나타났구나…….

남자는 여자에게 많은 이야기를 들려주었다. 남자는 취미가 경마와 골프라고 했다. 남자는 자기 집 정원에서 말을 타고 있는 사진을 보여주기도 했고 골프장에서 ‘타이거 우즈’와 함께 찍은 사진을 보여주기도 했다.

“나는 대학에 다닐 때 골프 티칭 아르바이트도 했다요…….”

남자가 여자에게 미국에 가면 골프를 가르쳐 주겠다고 약속을 했을 때 여자는 벌써 미국의 골프장에서 박세리와 나란히 서서 사진을 찍는 자신을 상상해 보며 황홀해하기도 했다.

“……그 사람은 아침에 눈을 뜨면 창밖으로 바다가 펼쳐지는 그림 같은 집에 살고 있다고 했어요. 침실이 있는 이층 베란다에서 바로 마당의 풀장으로 뛰어들어 수영을 하며 아침을 시작한다고 했어요. 벤츠를 타고 아버지가 경영하는 회사에 출근해 오전 동안만 일을 보고 오후에는 스포츠카로 바꾸어 타고 문화생활을 즐기는 것이 취미라고 했어요…… 그리곤 나와 함께라면 정말 행복하겠다며 자기 혼자서 다니던 모든 곳을 나와 함께 다녀 보고 싶다고 했어요. 휴가를 만들어 유럽여행도 떠나자고 했어요…….”

여자는 말을 멈추고 후후 웃는다. 그리곤 한숨을 푹 쉬며 고개를 떨군다. 잠시 후 백사장을 나란히 걸으며 철호는 마음이 답답해진다. 이런 것을 신데렐라 콤플렉스라고 한다던가.

남자는 그야말로 폭풍처럼 달려와 여자의 마음을 빼앗아 버렸다. 남자의 세련된 몸짓과 깨끗한 매너 그리고 간간히 섞어서 쓰는 영어 표현들을 들으며 여자는 정신을 차릴 수가 없었다. 만난 지 삼 일 만에 두 사람은 결혼을 약속했다. 그리고 꿈결같이 보름이 흘렀다. 이제 남자는 미국에 있는 부모에게 돌아갈 시간이 되었다. 여자는 남자를 혼자 보내기가 싫었다. 이대로 헤어지면 남자를 영영 놓칠 것 같았다. 그때 남자가 말했다.

"당신도 일단 여행 비자를 만들어 함께 들어가면 좋겠어. 미국에 들어가 결혼식을 올리면 되잖아…… 그리고 당신이 수속을 밟을 동안 나도 여기에 더 머물고 싶어."

얼마나 기대하던 말인가. 여자는 곧 수속을 밟기 시작했다. 하지만 쉽게 여행 비자가 나오질 않았다. 미혼의 직장여성인 것이 불리하게 작용하는 듯했다.

그렇게 한 달이 지나자 남자는 여자에게 생활비를 요구했다. 미국의 아버지가 빨리 돌아오라며 돈도 보내주지 않는다는 것이었다. 여자는 남자에게 너무나 미안했다. 자신이 당연히 생활비를 주어야 한다고 생각했다. 그리고 시아버지 될 분이 오히려 더 존경스럽기만 했다. 얼마나 건전하게 아들을 키우는 분인가 말이다.

"저는 정성을 다해 그 사람의 뒷바라지를 했어요. 귀한 사람인데 고생을 시키면 안 되잖아요. 그의 씀씀이가 워낙 커 힘들기는 했지만 나는 정말 즐겁기만 했어요……."

다시 두 달이 지나 겨우 여행비자가 나왔다. 여자는 너무나 행복했다. 이제 출발만 하면 되는 것이다. 그때 남자가 말했다.

"우리의 결혼을 위해 당신이 따로 준비할 것은 아무것도 없어. 내가 다 알아서 하겠어. 다만 당신이 결혼 자금을 모아놓았다면 당신을 위해 가지고 가라구."

남자의 말에 여자는 다시 한번 감격을 했다. 남자의 부모에게 드릴 최소한의 예물이라도 준비하고 싶었지만 남자는 그것마저 말렸다.

여자는 그동안 결혼을 위해 모아놓은 돈을 모두 찾았다. 한국에서의 결혼식은 생략했지만 주위의 친지들에게 널리 알려 축의금도 받았다. 여자의 부모도 딸의 결혼을 위해 준비했던 돈을 보태주었다. 드디어 여자는 남자와 함께 한국을 떠났다.

나는 미국이 무서워요

　LA공항에 도착을 한 뒤 두 사람은 택시를 타고 코리아타운으로 들어왔다. 남자는 호텔을 잡은 뒤 말했다.

　"당신이 갑자기 나타나면 우리 부모님이 충격을 받으실지도 몰라. 그러니 여기서 잠시 머물면서 내가 부모님께 말씀을 드린 후에 우리 집으로 가자구."

　여자는 무언가 혼란스러웠다. 미국에 도착하면 당연히 남자의 집으로 가리라 믿고 있었다. 그리고 당연히 남자가 자기의 부모님께 말씀을 드렸을 것으로 믿고 있었다. 하지만 남자의 가족들은 오랫동안 미국에 살았으니 이곳의 풍습으로는 그럴 수도 있는 모양이라고 여자는 애써서 남자를 이해하려 했다.

　다음날부터 남자는 여자에게 이곳저곳을 구경시켜 주었다. 남자는 여자를 데리고 유니버설스튜디오며 디즈니랜드, 라스베가스, 그랜드캐니언 등으로 돌아다녔다.

　여자는 시부모님을 먼저 만나야 한다는 생각으로 마음이 조급했지만 남자는 왠지 태평스럽기만 했다.

　"무얼 그래. 평생을 모시고 살 텐데…… 아무의 눈치도 보지 않고 이런 기회에 마음 놓고 여행을 해 보는 것도 괜찮은 거라구……."

여자는 하긴 그렇기도 하겠다는 생각을 했다.

어느 사이에 또 한 달이 흘렀다. 그 사이에 남자는 부모님을 만나러 간다며 두 번 혼자서 어딘가를 다녀왔다. 한번은 이틀 만에 돌아왔고 또 한번은 삼 일 만에 돌아왔다. 남자는 갈 때마다 돈을 요구했다. 돌아온 남자는 미안하지만 조금만 더 기다리라고 말했다. 여자는 초조해지기 시작했다. 하지만 어쩌겠는가 그를 믿고 기다리는 수밖에…… 남자는 세 번째로 여자에게 돈을 얻어 나갔다가 삼 일 만에 돌아왔다. 밤이 깊어 술에 취해 돌아온 남자는 한숨을 쉬며 말했다.

"부모님이 당신을 안 보시겠다는 거야. 부모님이 만나라는 사람은 만나 보지도 않고 아무나 데리고 왔다며 화를 막 내시는 거야. 어떻게 하면 좋을까?"

여자는 너무나 절망스러워 아무 생각도 할 수가 없었다. 누구 한 사람 의논을 해 볼 사람도 없었다. 한국에 전화를 하는 것도 창피했다. 여자는 그런 형편임에도 자기에게 돌아와 준 남자가 오히려 고맙게 느껴졌다. 남자는 여자에게 호텔을 떠나 코리아타운에 아파트를 얻자고 말했다.

"……하지만 길게 가지는 않을 거야. 조금만 더 기다려 보자구. 그리고 코리아타운에 있어야 당신도 나도 편리하고 안심이 될 거야……."

남자는 왠지 태평스럽기만 했다.

그런데…… 한 사람에게 깊은 믿음을 갖게 되면 불신의 징후마저 마음에서 먼저 거부하게 되는 것인가. 훗날 돌아보면 거짓의 증거는 여기저기에서 툭툭 불거져 나왔었는데 그때까지도 여자는 태평스러운 남자에게서 오히려 어떤 믿음을 느끼고 있었다. 아니 믿음을 유지하기 위해 다른 생각들을 애써서 차단하고 있었다. 그래서 인간은 이성적인 존재가 아니라 합리화하는 존재라는 주장이 심리학자들 사이에서도 나온 모양이다.

여자가 남자를 따라 미국에 온 지 석 달이 지났다. 남자는 하는 일도 없이 빈둥거리며 여자에게 돈을 타서 썼다. 가끔씩 친구라는 사람들을 데리고 왔는데 하나같이 일자리도 없이 빈둥거리는 사람들 같았다. 그나마 남자가 입막음을 했는지 친구들은 킬킬 거리면서도 여자 앞에서 그를 부잣집 아들로 불러주었다.

이젠 여자의 수중에 돈도 얼마 남지 않았다. 애써서 모아온 오만 불의 돈을 넉 달 만에 다 써 버린 것이다. 여자는 남자에게 말을 했다. 언제까지 이렇게 살아야 하는가 그리고 가지고 온 돈도 모두 써 버렸노라고 말을 마치자 마자 남자는 퉁명스럽게 말을 했다.

"아니 오만 불밖에 없었어? 나는 당신이 최소한 십만 불은 있을 거라고 생각했는데! 그래, 겨우 그것을 가지고 미국에 시집을 오려고 했단 말이야?"

여자의 기대가 산산이 무너지는 순간이었다. 여자는 신음처럼 말했다.

"어떻게 그런 말을 할 수가 있어요? 아무것도 필요 없다고 했잖아요. 당신 부모는 백만장자라고 했잖아요. 그러면 다…… 거짓말이었어요?"

남자는 표정을 일그러뜨리며 말을 받았다.

"백만장자라…… 그럼 백만장자였었지. 지금부터 십 년 전까지. 그때만해도 부자였고 말고…… 아니, 그런데 당신 바보 아니야? 정말 모르고 있었어?"

남자가 오히려 여자에게 반문을 했다.

"나는 당신이 이미 눈치를 챘을 것이라고 생각을 했는데. 그러니 그냥 이렇게 살 것이라고 생각을 했었는데 말이야."

여자는 온몸의 기운이 다 빠져나가는 것 같았다. 한참 후 여자가 겨우 말을 했다.

"이렇게 살다니…… 어떻게 말이에요?"

"뭘 어떻게 해. 돈이 떨어졌으니 이제부터 돈을 벌어야지. 당신도 알다시피 나는 막일은 못해. 그러니 내가 취직을 할 때까지 당신이 알아서 일을 하라구."

남자는 퉁명스럽게 말을 했다. 그리곤 에이, 그렇게 돈이 없었나…… 하면서 오히려 투덜거리는 것이었다.

꿈이란 원래 그런 거야

그날 밤, 여자는 뜬눈으로 밤을 새웠다. 절망밖에 남은 것이 없었다. 여자는 비로소 생각을 했다. 자신의 허영이 결국 자신을 망쳤음을 깨달았다. 미국이라는 환상을 꿈꾸며 살아온 자신의 지난 날들이 허망하기만 했다. 여자는 옆에서 태평하게 잠을 자고 있는 남자를 바라보았다. 그런데…… 이 남자를 나는 사랑했는가…… 여자는 고개를 젓는다. 그래, 나는 이 남자를 사랑하지 않았어. 나는 이 남자를 통해 어쩌면 나의 허영을 사랑하고 있었어. 이 남자가 가졌다는 것들, 그 풍요로움과 외국의 낭만을 나는 사랑하고 있었어. 하지만 나는 이 남자를 벗어날 수가 있을까. 아, 나는 어떻게 살아야 하는가…….

다시 며칠이 지난 뒤 여자는 일을 하겠다고 남자에게 말을 했다. 남자는 기다렸다는 듯이 여자를 코리아타운의 한 식당으로 데리고 갔다.

"이 식당은 팁이 제법 많이 벌린다고 했어. 내가 특별히 부탁을 해서 자리를 구했으니 잘 해 보라구."

그날부터 여자는 식당의 웨이트레스가 되었다.

사람은 어느 환경에서든지 적응을 하게 마련인가. 식당 일을 하면서 여자는 놀라운 속도로 이곳의 생활에 적응을 하게 되었다.
그리곤 자신의 처지를 냉정하게 바라보기 시작했다. 두 주일이 지
난 후. 다시 돈을 요구하는 남자에게 여자는 차갑게 말했다.

"당신 힘으로 벌어요."

남자는 표정을 일그러뜨리며 말을 받았다.

"아니, 뭘 믿고 큰소리를 치는 거야? 내가 없으면 당신은 당장
불법체류자가 되고 말아. 혼인신고를 하고 영주권도 따주려고 했
더니 안 되겠군."

여자는 남자를 보고 다시 한번 차갑게 말을 했다.

"당신에게 주는 마지막 기회예요. 함께 살고 싶으면 일을 해
요."

"뭐라구? 정말, 뭐 이런 게 다 있어?"

남자는 구타라도 하려는 듯 여자를 향해 손을 쳐들었다.

"잠깐, 당신이 나를 때리면 그것으로 마지막이라는 것을 명심
해. 나도 들은 것이 있어. 나는 바로 경찰에 신고할 거야."

여자의 반발에, 아이구 이걸 정말…… 하면서도 남자는 비실비
실 물러났다. 그나마 폭력꾼은 아닌 것이 다행이군…… 혼잣말을
하며 여자는 서글픔과 함께 자신을 향해 냉소를 느낀다.

다시 며칠이 흘렀다. 여자의 서슬에 꼬리를 내리고 눈치를 살피
던 남자는 어느 날 아무런 말도 없이 슬그머니 나가선 돌아오지
않았다.

"내가 그 사람을 기다렸을까요?"

여자가 느닷없이 철호에게 묻는다. 자기도 모르는 사이에 여자의 이야기에 깊이 귀를 기울이고 있던 철호는 당황하며 말을 받는다.

"글쎄요…… 기다리지 않았습니까?"

"그걸 저도 모르겠어요. 기다렸는지 안 기다렸는지를…… 아무튼 그 사람은 돌아오지 않았어요. 한 달이 더 지났으니 안 돌아오겠지요…… 이게 전부예요."

철호는 생각한다. 그래, 사람들은 흔히 아메리칸 드림을 이야기하지. 하지만 꿈이란 원래 그런 거야. 아무리 아름답고 화려한 꿈도 그리고 슬프고 외로운 꿈도 아침이 되어 깨어나면 말없이 사라지는 거야.

'그러니 그냥 꿈이었다고 생각하세요.'

철호는 여자에게 이렇게 말해 주고 싶다. 철호는 다시 생각한다. 그렇다면…… 나의 아메리칸 드림은 무엇이었을까. 무얼 기대하고 나는 미국까지 날아와 택시 영업을 하고 있는가. 나 역시 막연한 환상을 가지고 이곳으로 온 것은 아닐까. 이곳에 오면 무언가 좋을 일이 있을 거라고 무언가 풍요가 약속되어 있을 것이라고 막연한 기대를 품고 이곳으로 날아온 것은 아니었을까. 이 여자의 소위 신데렐라 콤플렉스를 나는 과연 비웃을 수 있을까…….

철호와 여자는 다시 차에 올랐다. 철호는 왠지 가슴이 답답하다. 철호는 말없이 차를 몰아 여자의 아파트로 돌아왔다. 여자가 지갑에서 돈을 꺼내든다. 철호는 그냥 앞을 바라보고 앉아 있다. 여자가 운전석 옆에 돈을 놓으며 말한다.

"고마워요. 제 말을 들어주어서…… 그리고…… 이래도 되는 것인지 모르겠지만…… 제 집에서 차라도 한잔 드실 수 있으세요?"

철호는 비로소 여자를 바라본다. 그리곤 자신도 모르게 불쑥 말한다.

"혹시 맥주가 있으면 한잔 주세요."

여자가 희미하게 웃으며 고개를 끄덕인다. 철호는 여자와 함께 차에서 내린다.

사람의 육체는 슬프다

　사람의 육체는 슬프다. 철호는 문득 그런 생각을 한다. 철호는 침대에 누워 담배를 피운다. 옆에 죽은 듯 침묵을 지키고 누워 있는 여자의 눈에서 이윽고 한 줄기 눈물이 흘러내린다.

　"울지 말아요……."

　철호가 말한다. 여자는 말이 없다. 철호가 다시 말한다.

　"내가 또…… 당신에게 상처를 주었어요?"

　여자는 가만히 고개를 젓는다. 철호는 왠지 마음에 안도를 느낀다. 사람의 육체는 슬프다. 다시 떠오르는 한마디. 철호는 생각한다. 이 여자와 나는 지금 무슨 일을 한 것일까. 영혼의 상처를 육체의 상처로 위로받으려는 이 역설을 어떻게 설명할 수 있을까…… 몇 시간 전에 처음 만난 여자인데 나는 도대체 무슨 마음으로 아니 이 여자는 도대체 무슨 마음으로 나와 몸을 섞었는가. 이것은 명백히 부도덕한 일일까…… 철호는 고개를 젓는다. 하지만 이상한 일이다. 이 여자와 단 한번 몸을 섞었을 뿐인데 나는 이 여자의 모든 것을 알 것만 같다. 그 상처 그 아픔을 위로해 줄 수 있을 것 같다. 그래, 이 여자에게서 나 또한 나의 허망한 꿈을 확인했기 때문인가. 아, 이 여자와 나는 어떻게 되어야 하는가…….

　철호는 몸을 돌려 여자를 바라본다. 여자는 여전히 천정을 향해 죽은 듯 누워 있다. 여자가 천천히 말한다.

"고마워요…… 이상하게 이 말을 하고 싶네요……."

철호는 손을 들어 여자의 볼에 흐르는 눈물을 닦아준다. 철호가 말한다.

"내게 실망했지요? 내가 당신을 유혹했잖아요……."

여자는 고개를 젓는다.

"아, 모르겠어요. 당신에게서 위로를 받은 기분이에요."

다시 침묵이 흐른다. 철호의 손이 은밀한 바닷물 속의 조개처럼 다가가 여자의 가슴을 감싸안는다. 한 손은 허리를 감싸안고 한 손은 부드러운 다리의 선을 따라 부드럽게 오르내린다.

"이상한 일이죠. 나는 이미 당신의 모든 것을 잘 알고 있는 것 같아요…… 그래서 진짜 위로를 해 주고 싶어요……."

여자는 여전히 눈물을 흘리면서도 두 팔로 철호의 가슴을 힘껏 끌어안는다. 아, 가벼운 신음과 함께 여자의 온몸이 파르르 떨리는 것을 철호는 감지한다. 여자는 다리를 열어 철호를 깊이깊이 받아들인다.

그리고 며칠이 지났다. 철호는 자신이 어떤 가사상태에서 빠져서 살아가는 것만 같다. 여자에게로 집중되는 마음과 여자를 거부하는 마음이 동시에 동일한 크기로 일어났다 사라져 간다. 매일, 매시간, 매순간…….

철호는 여자가 일을 한다는 식당으로 찾아간다. 하지만 식당 주인으로부터 삼 일 전에 여자가 일을 그만두었다는 말을 듣는다.

"한국으로 다시 간다던데…… 아, 바로 오늘이네요. 오후 여섯 시 비행기라고 하던데…… 정말 참한 색시였는데……."

철호는 마음이 급해진다. 철호는 서둘러 여자의 아파트로 차를 몬다. 여자의 아파트에 도착해 보니 문이 활짝 열려 있고 두 사람의 인부가 아파트 안으로 이삿짐을 나르고 있다. 철호는 급히 차를 돌려 공항을 향해 달려간다. 오후 여섯시 비행기…… 식당 주인의 말이 철호의 귓가에 그대로 맴돌고 있다.

5월의 연가

다시 차에 오른 민우는 무전기를 집어든다.

"8홉니다. 미세스 홍 모셔다 드렸습니다.

그리고 8시 손님에게 갑니다."

이내 박동수의 목소리가 흘러나온다.

"8시 손님이라…… 오케이, 수고하십쇼."

무전기를 내려놓으며 민우는 가볍게 한숨을 쉰다.

8시 손님, 아드모어 여자 손님, 혹은 윌셔로 가는 손님……

민우는 박동수에게 그렇게 통보한다.

매일 아침 7시 50분이 되면 무전기를 들고 아주 무심한 듯,

그저 일상적으로 태우는 손님일 뿐이라는 듯이 자연스럽게,

아니 자연스러움을 가장하고 그렇게 말한다.

지금부터 예약 손님을 태우러 간다고…….

　　코리아타운 '드림택시' 의 8호차 운전사 김민우는 경력 2년의 고참이다. 겨우 2년 경력에 고참으로 불리는 것이 다소 억지스럽긴 하지만 이것은 엄연한 현실이다. 드림택시에는 다섯 명의 운전사가 일을 하고 있다. 다섯 사람임에도 민우를 8호차라 부르는 이유를 먼저 설명해야겠다. 드림택시에서는 손님들에게 사세(?)를 과시하기 위해 다섯 대의 택시가 있음에도 번호는 6호부터 10호까지 정해놓고 있다. 말이야 바른 말이지 택시회사라면 차를 많이 보유하고 있을수록 손님들을 확보하는 데도 좋은 법이니까⋯⋯ 이 다섯 명의 운전사 중 민우는 시작 서열로 3위에 해당이 된다. 신참도 고참도 아닌 중간 입장인 셈인데 굳이 고참으로 불리는 것은, 민우를 기점으로 두 명의 운전사가 수시로 바뀌기 때문이다. 민우가 드림택시에 참여한 뒤로 이 택시팀을 거쳐 간 사람들이 족히 10명은 넘었으니 마땅히 고참 대접을 받아야 한다는 것이 드림택시 대표인 6호차 박동수의 주장이다. 택시팀에서의 서열은 중요할 수밖에 없다. 수입이 좋은 장거리 운전의 기회가 더 많이 제공되기 때문이다.

나는 그녀의 이름을 모른다

민우는 요즈음 공연히 신이 난다. 새벽 5시 30에 일어나 아침상을 준비할 때부터 콧노래를 흥얼거린다. 5학년인 아들 정민을 흔들어 깨워 함께 아침을 먹은 뒤 설거지를 할 때도 마음이 가볍다. 잠시 후 학교 갈 준비를 끝낸 아들 녀석이 아빠를 향해 종알거려도 즐겁기만 하다.

"아빠, 빨리 좀 해요. 그런데 아빠는 아침마다 무슨 옷을 그렇게 입었다 벗었다 하는지 모르겠어. 그 옷이 그 옷 같은데……."

하지만 민우는 현관 앞의 거울에 한번 더 자신의 모습을 비추어 보며 아들에게 묻는다.

"정민아, 이 옷은 색깔이 너무 빨갛지 않니?"

아들 녀석은 아예 고개를 저으며 말한다.

"몰라요, 몰라, 아빠는…… 빨리 가시자니까!"

민우는 그때서야 현관을 나선다.

"허, 그 녀석 재촉은, 알았다, 알았어. 자, 나가자, 나가!"

아들을 태운 민우는 늘 하는 대로 영어회화 테이프를 켠다. 하지만 머릿속은 온통 다른 생각이다. 방금 테이프 속에서 발음을 교정해 준 강사의 목소리가 여자였는지 남자였는지도 모르겠다. 정민은 그런 아빠를 힐끔힐끔 바라본다. 다른 때 같으면 너도 한번 따라서 해 봐라 하고 종용할 아빠가 요즈음 들어서는 영 그런 말이 없으니 그것도 이상하기만 하다.

"아빠……."

"응?"

"저, 혹시…… 아니, 아니에요."

"왜, 무슨 말을 하고 싶은데? 정민이가 아빠에게 못할 말이 있니?"

민우는 고개를 돌려 아들을 바라보며 웃어 보인다.

"너 아빠한테 무슨 비밀이 있는 거냐?"

정민이 얼른 말을 받는다.

"피, 비밀은…… 아빠가 비밀이 있는 것 같은 데 뭐……."

아니 우리 정민이가 무슨 눈치를 챘나? 민우는 공연히 허허 웃어 버린다.

"야, 이 세상에, 이 미국에는 너와 아빠밖에 없어. 그런데 무슨 비밀이 있겠냐?"

정민의 학교는 코리아타운에서 30분 정도 떨어진 파사디나 근방에 있다. 민우는 6시 30분에 정민을 '올림픽'과 '놀만디' 부근의 스쿨버스 타는 곳에 내려준다. 그리곤 다시 차를 돌려 택시 오피스가 있는 '세라노'와 '6가'로 향한다. 오피스란 박동수가 사는 아파트를 말한다. 코리아타운 외곽에 살고 있던 박동수는 지난해 이곳으로 아파트를 옮겼다. 그의 지론으로는 세라노와 6가야말로 코리아타운의 가장 중심에 위치해 있으며 따라서 어느 곳이든 5분 안에 갈 수 있다는 것이었다. 그 후 동업자 다섯 명은 자연스럽게 이 아파트에 함께 머물며 호출을 기다리게 되었다.

오늘은 어떤 사람이 첫 손님이 될까…… 박동수의 아파트로 향하며 민우는 잠시 생각해 본다. 하지만 이 생각도 이내 떨쳐 버린다. 민우는 박동수의 아파트행을 포기하고 부근의 대형 마켓으로 차를 돌린다. 마켓의 주차장에 차를 세워놓곤 운전석의 의자를 뒤로 한껏 젖혀 편한 자세를 만든다. 담배 생각이 간절했지만 고개를 젓는다. 민우는 생각에 잠긴다.

그래, 오늘은 여기에서 첫 번째 콜을 기다리자. 그리고 난 뒤 8시에 그녀에게 가리라…… 민우는 문득 가슴이 설렌다. 아침 8시와 그녀를 떠올리자 마자 마치 가슴이 스스로 반사작용을 일으키는 양 설렌다. 민우는 미소 짓는다. 하지만 이내 한숨을 쉬며 고개를 젓는다.

그녀는 한 달 전부터 민우의 손님이 되었다. 처음 박동수가 장기 손님으로 한 여자가 계약되었다며 민우를 담당으로 정하려 했을 때엔 별로 내키지가 않았었다. 매일 아침 8시에 코리아타운 안을 이동하는 손님에게 시간이 묶인다는 것은 그리 이익이 되는 일은 아니었다. 그 시간에 공항을 간다든가 코리아타운 외곽을 도는 것이 훨씬 실속이 있는 일이었다. 그런 민우의 표정을 보며 박동수는 말했다.

"염려하지 말아요. 그 시간에 장거리 콜이 들어오면 순서대로 김형에게도 배치할 테니까요. 그리고 다른 택시를 그 여자에게 보내면 되니까요."

그러니 따지고 보면 아침 8시 고정 손님은 박동수가 민우에게 제공하는 하나의 배려인 셈이었다.

민우는 다시 미소를 짓는다. 하지만 이내 한숨이 나온다. 그런데 나는…… 왜 이렇게 그녀가 어려울까. 한 달이 지나도록 나는 그녀의 이름도 알지 못한다. 이름은커녕 그녀와 한마디도 대화를 나누어 보지 못했다. 매일 그녀는 단 두 마디를 내게 건넬 뿐이다. 차에 타면서 '안녕하세요' 그리고 내리면서 '고맙습니다' 이것이 전부이다. 그리고 나는…… 그저 '네, 네, 안녕히…….' 하면서 허둥거리며 인사도 제대로 건네질 못하는 것이다. 지금껏 내가 알고 있는 것은 그녀가 사는 아파트의 주소와, 그녀가 아침 8시면 출근하는 '월서가'의 한 건물뿐이다. 나는 그녀가 아파트 몇 호에 사는지 월서 사무실에서는 무슨 일을 하는지 전혀 알지 못한다. 퇴근 후에는 누가 그녀를 태워서 집까지 바래다 주는지도 나는 알지 못한다. 나는 그녀의 나이도 모른다. 결혼을 했는지 안 했는지도 모른다. 그저 막연히 남편이 없을 것이라는 짐작이 있을 뿐이다. 그런데 만약 결혼을 한 여자라면…… 아, 모르겠다. 지금의 내 형편에 그녀의 결혼 유무가 또한 무슨 상관이란 말인가. 아무튼 지금 그녀는 내게 생기와 한숨을 준다. 희망과 절망을 준다. 행복과 불행을 준다. 그저 나 혼자, 그녀를 바라보면서 그저 나 혼자 그렇다는 말이다.

그냥, 장미가 아름다워서요

"8호차 지금 위치가 어딥니까?"

무전기에서 박동수의 목소리가 흘러나온다. 언제 들어도 활기가 느껴지는 목소리이다. 민우는 운전석 의자를 바로 세우며 무전기를 집어든다.

"네, 본부 근처 마켓 앞에 있습니다."

민우가 대답하자 박동수가 다시 묻는다.

"뭘 사야 합니까? 아니면 지금 콜을 받을 수 있습니까?"

"아, 네, 그게…… 다 샀습니다."

민우는 그저 얼버무린다.

"오케이, 그러면 2가와 '호발트'의 미세스 홍에게 가세요. 빨리 오랍니다."

“네, 바로 출발합니다.”

민우는 자세를 바로하고 차의 시동을 건다. 미세스 홍은 코리아 타운에서 꽃가게를 하는 40대의 여성으로 드림택시의 단골손님 중 한 사람이다. 그녀는 다운타운의 도매상가에 꽃을 사러 간다거나 급한 배달이 있으면 드림택시를 부른다. 다운타운에는 주차가 마땅치 않아 많은 한인상인들의 경우 민우네와 같은 택시를 이용하곤 한다. 운전사들은 약간의 대기료를 덤으로 받기로 하고 그들이 도매상에서 물건을 살 동안 한적한 곳에 차를 세우고 있거나 대개는 도매상 근처를 빈 차로 몇 바퀴 돌곤 하는 것이다.

민우는 미세스 홍의 집 앞에 차를 세운다. 기다리고 있었다는 듯이 문이 열리고 미세스 홍이 걸어 나온다.

“어서 오십시오. 한동안 못 뵌 것 같네요.”

민우가 인사를 건넨다.

“그래요, 미스터 김의 차는 오랜만에 타는 것 같아요. 그동안 7호 미스터 최가 자주 오던데…….”

미세스 홍은 뒷자석에 편히 앉으며 대답한다. 민우는 웃으며 말을 받는다.

“미세스 홍이 7호차만 부르신 것은 아니구요? 최형은 센스도 빠르고 꽃배달도 선수라고 칭찬을 하셨다면서요?”

“아이고, 나야 드림택시 식구들은 무조건 오케이지 뭐. 다들 친절하고 빠른데 뭐.”

민우가 다시 말을 받는다.

"저희도 사실은 미세스 홍 같은 손님이 좋습니다. 굳이 한 택시만 지정을 해서 오라고 하는 손님들도 더러 있거든요. 지금 다른 손님을 모시고 있다고 말씀을 드려도 막무가내 그 택시만 보내라고 하고는 나중에 늦었다고 투덜거리는 손님들이 있지요."

미세스 홍은 고개를 끄덕이며 말한다.

"흥, 연애를 할 것도 아닌데 무슨 지정 택시람…… 그렇게 대접을 받고 싶으면 불평을 말던가 돈을 더 내던가…… 어때요? 내가 아저씨들 할 말을 대신해 주었지?"

민우는 미소 지으며 말한다.

"하지만 '지명 콜'도 미리 예약을 하시면 대개는 지켜드리는 편입니다."

손님이 택시회사에 전화를 해서 누군가를 지명해 호출하는 경우를 운전사 동네에서는 지명 콜이라고 부른다. 드림택시 손님 중에는 민우만 지명 콜을 하는 사람들도 더러 있다. 코리아타운의 한 노인아파트에 사는 할머니 할아버지 몇 분은 늘 민우를 부른다. 사실 노인네들은 팁을 잘 안 주어서 운전사들이 잘 모시려 하질 않는 경우도 있다. 하지만 민우는 왠지 한국의 부모님 생각이 나서 애써서 잘 모시려고 하다 보니 몇 노인이 단골손님이 되었다.

민우의 차가 다운타운의 꽃 도매상가에 도착했다.

"자, 그러면…… 십오 분쯤이면 될 것 같은데……."

미세스 홍이 민우를 바라본다.

"제가 천천히 이 부근을 돌아야지요 뭐. 일을 다 보시면 바로 여기에 서 계세요."

민우의 대답을 듣고 미세스 홍은 차에서 내린다. 민우는 천천히 차를 출발시킨다. 뒤에서 오는 차들의 눈치를 보아가며 앞으로 가기도 하고 서기도 하면서 한 블록을 돌아온다. 그리고 또 한 바퀴…… 민우는 꽃을 잔뜩 안고 서 있는 미세스 홍을 태워 다시 코리아타운으로 돌아온다.

"자, 고마워요. 이건 차비."

미세스 홍은 차에서 내리며 25불을 건넨다. 다운타운 왕복 15불. 그리고 나머지 10불은 대기료와 팁인 셈이다.

"네, 감사합니다. 그런데……."

민우는 차에서 내리는 미세스 홍을 부른다.

"저기, 그 꽃 말입니다…… 장미 서너 송이만 저에게 파시겠습니까?"

민우는 자신의 말이 왠지 부자연스럽다.

"그래요? 오늘 꽃이 필요한 모양이군요."

미세스 홍은 민우를 바라보며 미소 짓는다.

"아니요!"

민우는 고개를 젓는다. 하지만 금방 후회를 한다. 그냥 그렇다고 하는 건데…….

"그냥…… 장미가 너무 아름다워서요."

민우는 얼굴을 붉히며 말끝을 흐린다. 미세스 홍은 여전히 미소 지으며 민우를 빤히 바라본다.

"그래요? 그러면…… 잠깐만 기다려요. 내가 예쁘게 만들어 줄 게."

"아니, 그냥 서너 송이만 주시면 되는데……."

미세스 홍은 차 문을 닫고 돌아선다. 잠시 후 가게에서 나오는 미세스 홍의 손에는 장미 몇 송이와 안개꽃이 예쁘게 포장되어 들려 있다. 민우는 얼른 운전석의 문을 열고 차에서 내린다. 미세스 홍이 민우에게 꽃다발을 건넨다.

"어휴, 정말 감사합니다. 정말 아름답게 만드셨습니다."

하나, 둘, 셋…… 민우는 장미 송이를 세어 본다. 꼭 일곱 송이이 다. 행운의 일곱 송이…… 민우는 미세스 홍을 바라보며 묻는다.

"얼마를 드리면 되겠습니까?"

미세스 홍은 민우를 빤히 바라본다. 민우는 다시 얼굴이 붉어지 는 것을 느낀다.

"그냥 드리는 거예요. 잘 해 보시라고."

"네?"

민우의 반문에 미세스 홍은 아무 말 없이 미소 지으며 돌아선다.

내게 가장 소중한 시간

다시 차에 오른 민우는 무전기를 집어든다.

"8홉니다. 미세스 홍 모셔다 드렸습니다. 그리고 8시 손님에게 갑니다."

이내 박동수의 목소리가 흘러나온다.

"8시 손님이라…… 오케이, 수고하십쇼."

무전기를 내려놓으며 민우는 가볍게 한숨을 쉰다. 8시 손님, 아드모어 여자 손님, 혹은 월셔로 가는 손님…… 민우는 박동수에게 그렇게 통보한다. 매일 아침 7시 50분이 되면 무전기를 들고 아주 무심한 듯, 그저 일상적으로 태우는 손님일 뿐이라는 듯이 자연스럽게, 아니 자연스러움을 가장하고 그렇게 말한다. 지금부터 예약 손님을 태우러 간다고…….

민우는 생각한다. 그래, 나는 지금 그녀에게 가고 있다. 장미꽃을 7송이 들고서 나는 그녀에게 달려가고 있다. 하지만 그녀는 이 꽃의 의미를 알아줄까. 그녀가 나의 차에 타고 있는 하루 10분여의 그 시간이 내 하루의 삶에 가장 소중한 시간이라는 것을 그녀는 알기나 할까…… 민우는 고개를 젓는다. 사실 자신이 없다. 어떻게, 무슨 말을 하면서 장미꽃을 전해 주어야 할지 자신이 없다.

8시 정각에 민우는 아드모어에 있는 한 아파트 앞에 차를 세운다. 아파트 입구 유리문이 열리고 그녀가 걸어나온다. 베이지 컬러의 투피스 정장을 단정히 입고 차를 향해 걸어오는 그녀의 모습이라니…… 민우는 다시 가슴이 설렌다.

"안녕하세요."

뒷문을 열고 차에 오르며 그녀는 고개를 한번 숙여 인사를 한다.

"네, 어서 오세요."

민우는 또 허둥거리기 시작하는 자신이 정말 싫다. 민우는 차를 출발시킨다. 민우는 가만히 숨을 들이킨다. 자, 장미꽃을 주려면 무슨 말로 시작을 할까…… 그때, 여자가 먼저 말을 건넨다.

"장미 꽃다발이 아주 예쁘네요. 누군지 세련된 솜씨로 포장을 했군요."

"아, 네…… 꽃가게를 하는 단골손님이 만들었습니다."

무슨 일로 말을 다하지? 이래서 여자는 꽃에 약하다는 말이 나왔나? 민우는 문득 싱거운 생각을 한다. 그리곤 싱거운 생각을 떨쳐내려는 듯 여자 몰래 고개를 젓는다. 하지만…… 이건 정말 큰 사건인 걸. 그녀가 내게 말을 다 건네다니. 언제나 차를 탈 때의 '안녕하세요' 와 내릴 때의 '고맙습니다' 가 전부였는데. 지난 한 달간 그 말만이 전부였는데…… 다시 대화가 중단되었다. 백미러를 통해 여자를 바라보니 여자는 의자에 편히 기대어 앉아 차창에 눈길을 두고 있다. 이런 바보 같으니라고! 빨리 말을 연결해야지. 자연스럽게! 민우는 자기 자신을 향해 맹렬히 부르짖는다. 하지만 자신을 향한 요구가 커갈수록 왠지 더 할 말이 없다. 아니 할 말을 찾을 수가 없다.

"저, 장미를 좋아하세요?"

아이구, 이런 멍청한 녀석! 그래, 그걸 질문이라고 던지니? 사람들이 다 웃겠다. 웃어. 민우는 얼른 백미러로 여자의 표정을 살핀다. 저것 봐라, 이 여자도 어이가 없어서 웃지 않냐?

"장미뿐이겠어요? 꽃이야 다 아름답지요."

민우는 자신이 허둥거릴수록 여자는 오히려 여유를 더해 가는 것만 같다.

어느새 여자의 사무실이 있는 월셔의 한 건물 앞에 도착했다. 차의 문을 연 여자는 다시 고개를 숙여 인사를 한다.

"고맙습니다."

그것으로 끝이었다. 여자는 총총히 걸어 민우의 시야에서 멀어져간다. 민우는 사라지는 여자의 뒷모습을 그저 바라보고 있다. 그때 뒤에서 누군가가 차의 경적을 울린다.

"알았다 이놈아! 그래, 잠시도 못 기다리냐?"

민우는 백미러로 뒤의 차를 바라보며 공연히 화풀이를 한다. 민우는 다시 차를 몰아 월셔가를 벗어난다. 마음이 몹시도 허탈하다. 더 이상 자학의 기분도 들지 않는다. 민우는 내처 차를 몰아 자신의 아파트로 향한다. 그때 무전기가 울린다.

"8호차, 손님 모셔다 드렸죠? 콜 받을 수 있습니까?"

박동수의 목소리이다. 민우는 한숨을 쉬며 무전기를 집어든다.

"죄송합니다. 갑자기 집에 일이 좀 있어서요……."

박동수가 얼른 말을 받는다.

"그래요? 그러면 일을 보고 바로 연락주세요. 이번 콜은 9호에게 넘깁니다."

"알겠습니다."

민우는 무전기를 내려놓는다. 어느새 자신의 아파트 앞이다. 주차장에 차를 세우고 난 뒤에도 민우는 그저 운전석에 가만히 앉아 있는다. 너무나 허탈하다. 자신이 한심스럽기만 하다. 이게 도대체 무슨 일인가. 나는 요즈음 무엇에 정신을 팔고 있다는 말인가. 아, 서른여섯의 나이에 어울리지 않게 무슨 연애감정이란 말인가. 누군지도 모르는 여자에게 말이다. 그야말로 이름도 성도 모르는 여자에게 말이다. 만약에, 그녀가 결혼을 한 몸이라면 어떻게 감당을 하려구…… 민우는 고개를 젓는다. 아니야, 그녀는 틀림없이 혼자 사는 여자야. 남편이 없는 것이 확실해. 나는 그것만은 직감으로 느낄 수가 있어…… 하지만 그렇지 않더라도 할 수 없는 일이다. 나의 감정은 순수한 것이다. 나는 나를 잘 안다. 만약 그녀에게 남편이 있다면 나는 순순히 나의 호감을 거두어 드릴 것이다. 그저 순수한 감정으로 그녀에게 집중했던 지난 한 달간을 조금은 즐겁게 조금은 서글프게 되돌아보면서 나는 그녀를 잊을 것이다. 민우는 고개를 젓는다. 아니야! 나는 느낄 수 있어. 그녀는 혼자야, 혼자라구! 민우는 꽃을 들고 차에서 내린다. 이놈의 꽃을 그냥 버려? 지금은 꽃마저 원망스럽다. 그 여자에게 괜히 속만 보이고…… 민우는 꽃을 들고 자신의 아파트 문을 연다.

민우는 주방 앞에 선다. 화병이 있을 리가 없다. 민우는 주전자에 물을 채우고 꽃을 꽂아놓는다. 그래, 오늘 정민이를 데리고 오는 길에 화병이나 하나 사도록 하자. 민우는 중얼거린다. 문득 여자가 한 말이 떠오른다. 장미뿐이겠어요? 꽃이야 다 아름답지요. 장미뿐이겠어요? 꽃이야 다 아름답지요. 민우는 다시 한숨을 쉰다. 그럼요, 어디 장미뿐이겠습니까? 꽃이야 다 아름답지요…….

다음날이 밝았다.

정민은 아빠가 왠지 달라진 것을 느낀다. 오늘은 아빠가 아침에 콧노래를 부르지 않는다. 아침밥을 앞에 놓고 아빠는 몇 숟갈도 들지 않는다. 정민에게 다정하게 김을 싸주고 콩자반을 집어주면서도 별로 말이 없다. 설거지를 하면서 노래를 흥얼거리지 않는다. 더구나 집을 나설 때 아빠는 옷도 고르질 않는다. 어제 함께 가게에 들러 화병을 고를 때까지도 아빠는 즐겁기만 했는데…….

차에 오르자 아빠는 영어회화 테이프를 켠다. 그리곤 테이프를 따라 중얼중얼 반복해서 발음도 해 본다. 정민은 아빠를 바라본다. 정말 아빠가 다시 변한 것이다.

"아빠."

정민은 조심스럽게 아빠를 부른다.

"왜 그러니?"

민우는 미소 지으며 정민을 바라본다.

"오랜만에 영어 테이프를 따라 하시잖아요. 어제까지는 그냥 틀어놓기만 하셨잖아."

"내가 그랬었나?"

민우는 가볍게 고개를 끄덕인다. 그리곤 한숨을 쉬며 말을 잇는다.

"그래…… 다시 영어회화 공부나 열심히 해야겠다. 자, 너도 따라서 해 보렴."

정민은 아빠를 바라보며 비로소 웃는다. 그래, 아빠는 늘 내게도 따라서 해 보라고 하셨지. 그래, 아빠는 다시 전의 모습으로 돌아왔구나.

이제 다른 차를 보냅시다

정민을 스쿨버스 정류장에 내려주고 민우는 박동수의 아파트로 향한다. 민우는 가는 길에 '맥도널드' 에 들러 '딜럭스 빅 블랙퍼스트' 를 두 개 산다.

박동수는 전화기와 무전기를 옆에 놓고 소파에 편한 자세로 앉아 있다. 거실 한편의 탁자 앞에는 7호차 최병호가 신문을 펼쳐놓고 앉아 있다. 민우가 들어서자 마자 최병호가 먼저 반긴다.

"아이고 김형, 이렇게 일용할 양식까지 가지고 오시니 감사를 드립니다."

마치 예배 볼 때 기도를 드리는 투로 말하는 최병호를 보며 박동수도 허허 웃는다.

"자, 어서 오세요. 오늘 아침엔 콜이 별로 없네요."

박동수가 말한다. 민우가 말을 받는다.

"좀 쉴 때도 있어야지요 뭐."

민우는 가지고 온 음식을 식탁에 펼쳐놓는다. 세 사람은 곧 식탁에 둘러앉는다. 그리곤 식탁에 놓여 있는 머그잔을 들어 커피머신에서 각자 마실 만큼 커피를 따라낸다.

"자, 드십쇼. 나는 벌써 아침을 끝냈으니 커피나 마실게요."

민우는 두 사람 앞으로 음식을 밀어준다.

“그런데, 9호와 10호는 왜 오피스에 잘 안 온답니까.”

민우의 물음에 최병호가 대답한다.

“글쎄…… 아직 친해지질 않아서 그렇겠지요. 두 사람은 오피스에 있는 것보다 마켓 앞에 차를 세워놓고 콜을 기다리는 것이 아직은 더 편할 겁니다.”

민우는 고개를 끄덕이며 말한다.

“그래도 자꾸 어울려야 덜 외롭고 힘도 날 텐데…… 혼자 차 안에서 가만히 콜을 기다리다 보면 공연히 서글퍼지기나 할 텐데 말입니다.”

박동수가 말을 받는다.

“다 겪어야 하는 과정 아닙니까. 어디 억지로 적응이 되던가요. 세월이 흘러야 되는 것이지…….”

그때 전화벨이 울린다. 음식을 먹는 박동수를 대신해 민우가 전화를 받는다.

“네, 드림택시입니다.”

전화기 저편에서 가냘픈 여성의 음성이 들려온다.

“저…… 여기는 ‘옥스퍼드 253’인데요. 차 좀 보내주세요.”

민우는 얼른 시계를 본다. 7시 10분이다.

“네, 곧 보내드리죠. 7, 8분 후에 집 앞으로 나오세요.”

민우는 다시 한번 주소를 확인하고 전화기를 내려놓는다. 박동수가 말한다.

"거기라면 10호차를 보냅시다. 아직 집에 있는지는 모르겠지
만."

민우는 무전기를 집어든다.

"10호차 나오세요. 지금 위치가 어딥니까."

금방 답신이 온다.

"네, 집에서 기다리고 있습니다."

"그러면 옥스퍼드 253으로 가십시오. 여자 손님입니다."

"알겠습니다. 곧 달려가겠습니다."

"수고하세요."

박동수가 말을 한다.

"자, 그러면…… 다음 콜은 9호에게 줍시다. 신참들에게 일을
좀 더 주어야지요. 그 친구들도 빨리 안정을 얻게 말입니다."

두 사람은 고개를 끄덕인다.

사실 택시 운전사들의 경우 코리아타운 안을 이동하는 것은 그
리 이익이 되는 일은 아니다. 손님을 태우러 가고, 목적지로 데려
다 주고, 다시 돌아오자면 거의 30분, 40분이 소요된다. 그리곤 고
작 3, 4불을 받는다. 그러니 공항에 가는 손님을 태우거나 코리아
타운을 벗어나는 손님을 태워야 돈이 된다. 하지만 운전사들이 코
리아타운을 열심히 달리는 것은 단골을 많이 확보해야 외곽으로
나가는 기회도 많이 잡을 수 있기 때문이다. 드림택시의 경우를
보아도 대표라고 할 수 있는 6호의 박동수와 7호의 최병호, 그리

고 민수는 경력이 있는 만큼 각자 단골손님들이 있어서 코리아타운 외곽으로 자주 나가기 때문에 어느 정도 수입을 올리고 있지만 새로 운전을 시작한 9호와 10호는 형편없는 수입으로 버텨나가고 있는 중이다. 따라서 소위 고참인 이들 세 사람은 새로 시작한 두 사람에게 콜을 더 연결해 주는 배려를 하고 있는 것이다.

민우는 연이어 걸려온 전화를 받아 9호차를 보낸다.

박동수와 최병호는 식사를 끝내고 식탁에서 물러나 소파에 앉는다. 잠시 망설이던 민우가 박동수를 보며 말한다.

"저…… 8시 손님 말입니다. 월서로 가는 여자 손님……."

박동수는 고개를 끄덕이며 민우를 바라본다.

"그 손님이 왜요?"

민우는 다소 어색하게 미소 지으며 말한다.

"미안하지만 이제 다른 차를 보냈으면 좋겠는데……."

박동수가 다시 말한다.

"그거야, 어려운 일은 아니죠. 그런데 무슨 일이 있습니까?"

"아니요, 일은 없지만 그냥…… 벌써 한 달이나 내가 태웠잖아요. 그러니 바꾸어 보는 것도 좋을 것 같아서요."

이번엔 최병호가 말을 받는다.

"어디 그런 고정 손님이 한둘입니까. 김형은 새삼스럽게…… 그 여자 손님이 뭔가 불쾌하게 대하던가요?"

민우는 서둘러 말을 받는다.

"아니요, 그런 게 아니라니까요. 그냥…… 아무튼 며칠 동안이라도 다른 차를 보냈으면 좋겠어요."

민우를 유심히 바라보던 박동수가 가만히 고개를 끄덕인다.

"그래요. 김형 생각대로 합시다. 우선 며칠간 다른 차가 갑시다."

최병호가 말을 받는다.

"김형이 싫다는 데야 어떻게 합니까. 그러면…… 오늘은 내가 가지요 뭐."

싫은 게 아니라니까요! 민우는 순간적으로 말을 받으려다 참는다. 박동수가 말한다.

"그렇게 합시다. 최형은 그 손님 내려주고 바로 예약 손님에게 가면 되겠네요."

최병호는 고개를 끄덕이며 자리에서 일어난다.

"자, 그러면 7호차 출발합니다."

그때 전화벨이 울린다. 박동수가 전화를 받는다.

"네, 드림택시입니다…… 아 알겠습니다. 7, 8분 후에 집 앞으로 나오십시오."

박동수가 민우를 바라본다.

"베렌도 8가에서 호출입니다. 할아버지 목소리예요."

민우가 소파에서 일어난다.

"내가 다녀오겠습니다."

민우는 최병호와 나란히 박동수의 아파트를 나선다.

너를 향한 집중, 그리움……

　　민우는 오전 중에 모두 네 차례의 콜을 받았다. 베렌도의 할아
버지를 코리아타운 안에 있는 한 한의원에 모셔다 드린 것을 시작
으로, 오렌지카운티의 잔치집에 나들이 가는 아주머니를 태워주
었고, 다시 코리아타운으로 돌아오자 마자 공항으로 나가는 한 단
골손님을 태웠다. 그리곤 코리아타운의 한 병원에서 치료를 끝내
고 집으로 돌아가는 할머니를 모셨다. 오전 중의 수입은 모두 85
불. 이 정도라면 오늘은 비교적 좋은 출발이라고 할 수 있다. 할머
니를 내려드린 뒤 민우는 잠시 그 자리에서 쉬기로 한다. 운전석
의자를 한껏 뒤로 젖혀놓은 뒤 편한 자세로 기대어 앉는다. 11시
10분이다. 세 시간 동안 잠시도 쉬지 못하고 계속 운전을 했다. 민
우는 눈을 감는다. 또 그 여자의 얼굴이 떠오른다. 아침부터 계속
이어지는 콜을 받아 이곳저곳으로 정신없이 달려가면서도 민우는
끊임없이 그 여자를 생각했다. 아니, 그 여자에 대한 생각이 집요
하게 민우에게 붙어 다녔다. 눈을 감고 민우는 중얼거린다. 그래,
도대체 어떻게 하라는 말이냐. 너를 향한 이 집중을, 이 그리움을
어떻게 하라는 말이냐…… 민우는 한숨을 쉰다. 그런데 한숨 끝에
자신도 모르게 미소가 배어나온다. 민우는 스스로 당황한다. 이것
은 또 무슨 현상일까. 그녀를 떠올리면 마음이 따듯해지고 미소가

나오는 이것은 도대체 무슨 마음의 작용에 의한 것일까. 그녀와 나 사이에 어떤 인과의 법칙이 작용하고 있는 것일까. 민우는 고개를 젓는다. 하지만, 나는 그래…… 나는 무엇이든…… 억지로는 못해…… 아, 자연스럽게 그야말로 자연스럽게 그녀와 연결이 되는 길은 없을까…… 민우는 눈을 뜨고 벌떡 일어난다. 운전석을 똑바로 세운 뒤 무전기를 집어든다. 7호차 최병호를 부르고 싶다. 그리고 그에게 묻고 싶다. 오늘도 그녀는 정각 8시에 나왔는지 어떤 옷을 입었는지 오늘도 차를 탈 때의 '안녕하세요' 와 내릴 때의 '고맙습니다' 라는 두 마디가 전부였는지 혹시 내가 오지 않은 이유를 묻지 않았는지 혹시 내가 내일도 오지 않을 거냐고 궁금해하지 않았는지 아 아, 혹시 내가 아프냐고 걱정을 하지는 않았는지…… 민우는 다시 의자를 뒤로 젖히고 누워 버린다. 그래, 최형에게 물을 수는 없어. 최형은 이런 나를 이해하지 못할 거야. 그야말로 대책도 없이 앓고 있는 내 마음의 비밀을 말할 수는 없어…… 하지만 민우는 또한 어쩔 수 없이 무전기에 손을 올려놓는다. 정말이지 오전 내도록 최형에게 묻고 싶은 마음을 억누르고 있느라 진이 다 빠져 버린 기분이다. 그때 무전기가 울린다. 박동수의 호출이다.

"8호, 지금 어디에 있습니까?"

민우는 얼른 대답한다.

"네, 방금 손님이 내린 뉴햄프셔 9가에 있습니다."

“오케이, 그러면 벌몬트 11가의 노인아파트로 가세요. 거기 손님 모셔다 드리고 점심이나 같이합시다.”

“알겠습니다. 우리 둘이서 합니까?”

“7호도 합석합니다. 장터국수집 어때요?”

“좋습니다. 손님 모셔다 드리고 바로 가겠습니다.”

민우는 천천히 차를 몰아 벌몬트로 향한다.

노인아파트의 할아버지 두 분을 웨스턴에 있는 한인회관까지 모셔다 드린 후 민우는 박동수와 약속한 장터국수집 앞에 차를 세운다. 식당에는 박동수와 최병호, 그리고 10호차의 미스터 오가 함께 앉아 있다.

“어서 오십쇼.”

미스터 오가 깍듯이 인사를 한다. 그는 이제 경력 2개월의 신참이다. 민우는 먼저 악수를 청한다.

“많이 힘들죠?”

미스터 오는 미소를 지으며 고개를 갸웃거린다. 애매한 답변이군…… 민우는 속으로 중얼거린다.

“김형은 오전에 괜찮았다면서요?”

최병호가 민우를 바라보며 묻는다.

“단골손님을 모시고 오렌지카운티와 공항엘 다녀왔어요.”

민우가 대답한다. 문득 10호의 눈이 잠시 커지는 것 같다. 박동수가 미스터 오에게 말한다.

"단골손님은 될수록 각자가 관리합니다. 미스터 오도 부지런히 명함 돌리고 친해지세요."

민우도 한마디 거든다.

"미스터 오도 큰마음 먹고 일 년 만 잘 버텨 보세요. 단골이 제법 생길 겁니다."

10호는 고개를 끄덕이며 말을 받는다.

"아무튼 잘 부탁드립니다. 사실 삼사 일 동안 저는 코리아타운 외곽에는 거의 나가질 못했습니다. 다운타운에나 몇 번 갔을 뿐입니다."

박동수가 다시 말한다.

"그랬던가요? 내가 좀 무심했나 보군…… 우리가 좀 더 나누어 줍시다."

최병호가 말을 받는다.

"아, 그러면 점심식사 후, 한 시에 공항 가는 내 예약 손님을 미스터 오가 모시도록 하세요."

음식이 나왔다. 네 사람은 각자 주문한 음식을 먹기 시작한다. 음식을 먹는 사이에 두 번의 호출이 왔다. 박동수는 두 번의 호출을 모두 이 자리에 없는 9호에게 주었다. 점심식사를 끝내고 네 사람은 밖으로 나왔다. 미스터 오는 공항 손님을 태우기 위해 서둘러 출발을 했고 박동수와 최병호는 담배를 피우기 위해 식당 앞에 놓인 대기용 의자에 걸터앉는다. 담배를 피우지 않는 민우는 식당문 옆에 쌓여 있는 주간지 중 하나를 들고 와 의자에 앉는다.

"저…… 오늘 아침 8시 손님 말입니다."

주간지를 뒤척이며 민우가 말한다.

"최형이 갔어도 별말은 없었죠?"

민우는 그저 별뜻 없다는 듯이 묻는다.

"왜 말이 없었겠어요?"

최병호가 담배연기를 길게 내뿜으며 말을 받는다. 박동수가 싱긋 웃는다. 민우는 순간 긴장하는 자신을 느낀다. 그래, 나에 대해 물었단 말이지. 왜 오질 못했느냐고 물었단 말이지…… 민우는 애써서 무심한 표정을 만들며 최병호를 바라본다. 최병호가 말한다.

"김형이 그랬잖아요. 그 여자 손님은 단 두 마디만 한다고. 안녕하세요와 고맙습니다. 단 두 마디……."

민우는 공연히 놀림을 당한 기분이다. 하지만 놀림이라니…… 민우는 얼른 생각을 고친다. 최형이 뭘 안다고 내가 그런 생각을 하는가 말이다. 이어서 떠오르는 생각…… 그래, 그 여자는 나를 그렇게 하찮게 생각했었구나. 지난 한 달 동안 거의 내가 혼자서 자기를 태워주었는데 안부도 안 물었다는 말이지. 정말 그랬다는 말이지…….

다시 전화벨이 울리고 박동수가 얼른 받는다.

"네, 드림입니다…… 아, 네, 안녕하세요…… 네, 그렇군요…… 그럼요, 도와드려야죠…… 제가 곧 가겠습니다."

박동수는 의자에서 일어서며 자기 무전기만 챙기고 핸드폰은 최병호에게 넘긴다.

"최형이 오후에 배차 좀 하세요. 나는 샌디에고엘 좀 다녀와야 겠어요. 내 단골아저씨가 부탁을 하네요. UC 샌디에고에 다니는 딸에게 급히 무슨 서류를 가져다 줘야 한다고."

최병호는 전화를 넘겨받으며 말한다.

"어이쿠, 오늘 저녁엔 박형이 한잔 사셔야겠네요."

박동수가 시원스럽게 말을 받는다.

"그럽시다. 못 살 것도 없지요 뭐. 그러면 오늘 저녁에 모처럼 우리 드림택시 식구들 단합대회 좀 합시다. 갈비도 먹고 노래방에 도 갑시다. 오랜만에 김형이 부르는 '그 겨울의 찻집' 도 들어 보 고."

민우가 미소 지으며 말을 받는다.

"콜은 어떻게 하구요?"

최병호가 말한다.

"9호나 10호 중에 한 사람은 당번으로 콜을 받게 하던가…… 아 니 그 친구들도 무조건 소집을 합시다. 콜은 행운택시에 넘겨주면 되잖아요. 그쪽에서도 우리에게 자주 넘겨주니까."

박동수가 말을 받는다.

"오케이, 그러면 오늘 저녁에 단합대회하는 것으로 하고…… 자, 나는 샌디에고로 출동합니다."

시간은 공평하지 않다

하루 이틀 사흘…… 시간은 어김없이 흐른다. 누군가는 말했다. 한 나라에서 최고의 명예를 얻는 대통령에게도, 질시와 경멸을 받는 감옥 속의 죄수에게도 하루 24시간이라는 공평한 시간이 주어진다고. 큰 부자에게도 비천한 거지에게도 하루 24시간이라는 공평한 시간이 주어진다고. 그러니 시간만큼 공평한 것은 없다고…… 하지만 그것은 틀린 말이다. 드림택시 8호차 운전사 민우가 보내는 하루와 7호차 운전사 병호가 보내는 하루는 결코 공평한 것이 아니다. 아침 8시의 여자 손님을 병호에게 미룬 뒤로 민우에게는 하루가 일 년 같이 길게만 느껴진다. 지난 사흘이 마치 삼 년의 세월 같이 느껴진다. 하지만 8시의 여자 손님을 넘겨받은 병호는 그 시간이 아깝게만 느껴진다. 겨우 코리아타운 안을 이동하는 손님이기 때문이다. 병호는 그 시간에 외곽으로 나가는 손님을 태우던가 아니면 차라리 쉬고 싶은 마음뿐이다. 그러니 어떻게 민우와 병호의 시간이 공평하다고 말할 수 있겠는가. 사랑을 앓고 있는 민우에게는 아침 8시가 영원과 같은 시간이지만 병호에게 아침 8시는 그냥 건너뛰고 싶은 시간일 뿐인 것이다.

시간만 나면 민우는 병호에게 묻고 싶다. 그녀가 궁금해하지는 않았는지 자기의 안부를 묻지는 않았는지…… 그리고 순간순간 민우는 병호에게 말을 하고 싶다. 내일부터는 자기가 다시 그녀를 태우겠노라고…… 하지만 민우는 아무 말도 할 수가 없었다. 그렇게 닷새가 흘러갔다.

저녁 시간, 민우는 결산을 위해 박동수의 아파트에 들렀다. 결산이란 한 주일에 두 번씩 운전사들 각자가 박동수에게 그동안의 운행 내역을 밝히고, 수입 중의 20퍼센트를 납부하는 것을 말한다. 이 20퍼센트는 말하자면 동수가 손님들로부터 전화를 받아 연결해 주는 대가로 지불하는 것인데 동수는 동수 대로 이 돈으로 전화비와 무전기 사용료를 부담한다. 또한 택시 명함을 인쇄해 코리아타운의 업소들에 돌린다든가 간단한 기념품을 만들어 업주들에게 선물도 한다. 다행히 박동수는 사교성도 좋고 수단도 좋아 여러 업소에서 호의적으로 손님들을 연결해 주는 편이어서 민우를 비롯한 동료들은 20퍼센트 납부에 대해 불만이 없다. 하지만 코리아타운 내에는 지금도 많은 운전사들이 이 20퍼센트 내지는 25퍼센트 납부에 불만을 느껴 이리저리 택시회사를 옮겨 다닌다든가 혹은 '나홀로 택시'에 나서는 경우가 많이 있다. 나홀로 택시란 말 그대로 혼자 명함을 찍어 돌리고 혼자 전화를 받아 운전하는 것을 말한다. 이런 이들은 대개 서너 사람이 연대를 하여 콜이 밀릴 때에는 서로 주고받는 식으로 운영을 하고 있다.

민우가 건넨 운행일지를 박동수는 그저 건성으로 읽어 보고는 책상 한편에 밀어놓는다. 그리곤 민우가 건넨 86달러도 세어 보지도 않고 서랍에 넣는다.

"자세히 좀 보아야 삥땅을 못하죠."

민우가 웃으며 말한다.

"아이고 김형, 삥땅을 해서라도 돈 많이 버쇼. 제발."

박동수는 웃으며 고개를 젓는다.

택시 운전사들 사이에서 말해지는 삥땅이란, 약정한 납부율을 지키는 것이 아까운 나머지 운행일지를 거짓으로 기록하는 행위를 말하는 것이다. 이를테면 코리아타운에서 공항까지 다녀오면 평균 25달러를 버는데 이것을 운행일지엔 다운타운까지 운행을 해 10달러 받았다고 적어놓으면 납부액도 5달러에서 2달러로 줄어드는 것이다. 이러한 삥땅 행위로 인한 시비도 운전사들의 세계에서는 자주 등장하는 화제의 하나이다. 사실 드림택시의 경우에도 그동안 거쳐 간 9호, 10호 중에는 그런 짓을 많이 해서 쫓겨나다시피 한 운전사도 세 명이 있다.

민우가 막 일어나려는 순간 최병호가 아파트 문을 열고 들어선다. 최병호의 얼굴은 조금 상기되어 있다.

"아, 최형, 어서 오세요."

민우는 다시 소파에 앉으며 최병호를 맞이한다.

"아니, 좀 흥분한 표정인데……."

박동수가 말을 한다.

"내 참, 더러워서…… 정말 오늘은 재수가 없는 날이라니까요."

최병호가 연신 투덜거린다. 두 사람은 최병호의 다음 말을 기다린다.

"내 참, 글렌데일까지 가는 여자 손님을 태웠었거든요."

박동수가 고개를 끄덕이며 말을 받는다.

"그래요, 글렌데일에 간다고 내게 말을 했었지요."

"이 여자, 차를 타고 가면서 줄곧 농담도 잘하고 아주 시원스럽게 말을 잘하더라구요…… 그런데 목적지인 아파트 앞에 차를 세운 뒤 돈을 가지고 오겠으니 잠깐만 기다리라고 하고는 그대로 함흥차사인 거예요. 한 시간이나 기다리다가 그냥 왔어요. 어디 한두 집이어야 찾아보던가 하지…… 내 참 더러워서……."

민우도 한숨을 쉬며 고개를 끄덕인다. 택시 운전을 하다 보면 의례 경험하게 되는 일이다. 민우도 몇 번 그런 일을 당했다. 택시 요금을 가지고 오겠다고 하고는 아파트 안으로 그대로 사라져 버리는 것이다. 그것을 막아 보겠다며 차를 세워놓고 동행을 하던가 물건을 맡아놓는다거나 하는 운전사도 더러 있지만 민우는 아직 그렇게까지는 하지 못한다. 그저 믿고 기다리다가 대책도 없이 당하고 마는 것이다. 혹시 모르겠다. 앞으로도 몇 번 더 그런 경우를 당하고 나면 민우도 마음이 독해져서 따라나서게 될지도…… 박동수는 웃으며 말을 받는다.

"최형이 따라 나서지 않은 것을 보니 그 여자를 믿긴 믿었던 모양이구만……."

"글쎄 말이에요. 말을 얼마나 잘하던지 그만…… 뭐라더라, 친구집에 가는 길인데 서너 시간 있다가 다시 부르겠다고 하면서…… 또…… 저녁때 노래방엘 같이 가자는 거예요. 노래방에서 노는 동안엔 대기료도 준다면서……."

"아이고, 그래서 당했군, 당했어."

박동수는 어이없다는 표정을 지으며 다시 웃는다. 최병호는 '글쎄…… 뭐에 홀린 기분이더라니까요…….' 혼잣말하듯 말하며 고개를 젓는다.

최병호가 내놓은 운행일지 역시 건성으로 읽어 본 뒤 박동수는 책상 위에 내려놓는다. 그리곤 돈도 세어 보지도 않고 책상 서랍에 넣는다.

잠시 머뭇거리던 최병호가 민우에게 말을 한다.

"저…… 그렇지 않아도 김형에게 말을 좀 하려고 했는데 말입니다. 아침 8시 여자 손님 말입니다. 내가 닷새를 했으니 이제 그만하고 싶어요. 김형이 다시 하든가 다른 차에게 넘겨주든가 합시다. 박형에게 말을 하려했는데 아무래도 김형에게 먼저 말하는 것이 순서일 것 같아서요……."

박동수도 고개를 끄덕이며 민우를 쳐다본다. 그 여자의 얘기가 나온 것만으로도 민우는 가슴이 뛴다.

"왜요? 그 손님이 무슨 말을 하던 가요?"

민우는 조심스럽게 묻는다.

"말은 무슨 말. 김형도 잘 알잖아요. 너무 말이 없어서 탈이
죠…… 솔직히 말해서 아침 8시에 영양가도 없는 손님을 태운다
는 것이 그래서요. 나는 요즘 아침 9시에 장거리 손님이 있거든
요. 그래서 차라리 좀 쉬고 싶어서요."

민우는 문득 발끈하는 마음이 된다. 뭐라고 영양가라고? 그래,
당신은 사람을 그렇게 돈의 가치로만 판단을 한다는 말이지! 그건
그 여자에 대한 모욕이라구! 모욕이구 말구! 하지만 민우는 얼른
마음의 격정을 누른다. 그리곤 태연을 가장해 말한다.

"그럽시다. 그러면 내가 내일부터 다시 하지요. 뭐……."

박동수는 그저 가만히 두 사람의 대화를 듣고 있다가 잠시 후
고개를 끄덕이며 말한다.

"그래요, 기왕에 김형이 시작한 손님이니까 김형이 알아서 하세
요. 만약에 김형이 포기하고 싶다면 9호나 10호에 넘겨줄게요."

민우는 박형의 말에 대해서도 마음으로부터 반발이 나온다. 아
니, 그녀가 무슨 물건입니까. 우리 마음대로 이리저리 돌릴 수 있
는 물건입니까. 하지만 민우는 얼른 마음의 반발을 떨쳐 버린다.
민우는 자리를 뜨고 싶다. 더 이상 그녀에 대해 이런저런 얘기가
나오는 것을 막기 위해서라도…….

민우는 집으로 돌아가는 길에 한국 TV프로그램을 빌려주는 비
디오 대여점에 들른다. 코리아타운에는 비디오 대여점이 유난히

많다. 미국 주류 사회에서는 벌써부터 수많은 비디오 대여점이 규모를 축소하거나 문을 닫고 있는데 코리아타운에서는 여전히 비디오 대여점에 사람들이 몰려들고 있다. 사람들은 흔히 코리아타운을 불러 '미국 속의 한 섬' 과 같다는 말을 한다. 외부 세계와는 담장을 두르고 자리들끼리만 어울려 살며 자기들끼리만 상거래를 하고 자기들끼리 떠들고 싸우고 하기 때문이란다. 하긴 이처럼 비디오 대여점에 사람이 몰리는 것이나 이미 주류 사회에서는 자취를 감추어 버린 '라디오 홈쇼핑' 같은 프로그램이 인기를 모으고 있는 것을 보아도 코리아타운을 불러 '미국 속의 한 섬' 과 같다고 하는 말에 공감이 간다.

민우는 정민을 위해 코미디 프로와 인기가요 등 쇼 프로그램을 고르고 자신이 즐겨 보는 드라마도 빌린다. 사실 한국에서는 TV를 거의 보지 않았다. 따라서 한참 인기를 끈다는 드라마들도 그저 귓가에 스치는 소식으로 그 줄거리며 주인공으로 나온 탤런트들에 대한 이야기를 들었었다. 그런데 막상 미국에 오고 보니 아직도 한국적인 것이 익숙하고 그리운 탓인지 드라마를 자주 보게 된다. 더구나 이런저런 일로 한인들의 집을 방문해 보면 집집마다 한국 TV프로그램이 담긴 비디오테이프가 몇 개씩 굴러다니게 마련이니 언제든 쉽게 접할 수가 있다. 여기에다 굳이 시간을 맞추어 보지 않고 비디오로 본다는 편리함이 또한 있어 민수도 한가한 시간에는 드라마를 보곤 한다. 드라마를 보면서 아이고 유치하

긴…… 옛날이나 지금이나 늘 저렇다니까…… 하고 혀를 차면서
도 민우는 드라마를 본다.

코리아타운에 떠다니는 유머가 있다. 이곳에서는 많은 수의 한
인들이 교회엘 다닌다. 자신의 믿음생활을 위해 다니는 이들도 있
고 단순히 사람을 사귀고 사업정보를 얻기 위해서 다니는 사람들
도 있다. 그래서 교회는 종교를 떠나 이민생활의 중심기관 역할을
한다는 말이 공감을 얻고 있다.

어느 한인이 토요일을 맞아 밤을 새워 당시 큰 인기를 끌고 있
는 사극을 보았단다. 그리곤 다소 몽롱한 정신으로 교회에 나가
기도를 하게 되었는데, 그의 첫마디는 '하나님 아버지 성은이 망
극하옵니다' 이었단다.

민우가 아파트 현관을 열고 들어서자 제 방에서 공부를 하고 있
던 정민이 얼른 아빠를 반기러 나온다. 민우는 정민에게 비디오테
이프가 든 비닐봉지를 건넨다.

"오우, 땡큐 아빠!"

정민은 비닐봉지에서 쇼 프로그램을 하나 빼든다.

"숙제는 다 했니?"

"그럼요, 집에 오자 마자 바로 한 걸요."

정민은 비디오를 켠다. TV 화면은 금방 한 무리 가수들의 현란
한 춤과 화려한 무대 그림으로 채워진다. 민우로서는 무슨 말인지
알아듣기도 힘든 노랫말을 정민은 곧잘 따라서 한다. 다른 때 같

으면 민우는 정민에게 저 가수가 누구냐, 무슨 춤이 저렇냐, 가사 좀 천천히 말해 봐라 하고 일부러 대화를 유도하였을 것이다. 하지만 지금 두 사람은 TV 앞에서 말이 없다. 정민은 정민이 대로 TV에 열중하고 있고 민우는 민우 대로 눈만 TV 화면에 고정시킨 채 자신의 생각에 빠져 있다.

역시 그 여자 생각이다. 잠시 틈만 나면 마음을 파고드는 그 여자의 모습을 정말 어떻게 할 수가 없다. 하지만 지금 민우는 다소 설레는 마음으로 그 여자를 생각하고 있다. 내일 아침이면 다시 그 여자를 만난다. 그래, 이것은 무언가 운명적인 것이 틀림없어. 민우는 자기 편리한 대로 생각을 전개시킨다. 그렇지 않고서야 어떻게 내가 다시 그 여자의 운전을 맡게 될 수가 있겠어. 나는 정말 포기를 했었는데 7호차 최병호가 저렇게 포기를 하겠다니 어떻게 하겠어. 내가 다시 하는 수밖에, 그러니 운명적이라고 말하는 거야…… 민우는 스스로 생각하기에도 이러한 자신의 턱없는 마음의 과장과 합리화가 우습다.

정민은 흘낏 아빠를 쳐다본다. 그리곤 아빠의 입가에 스치는 미소를 보면서 아빠도 쇼 프로그램을 좋아하게 되었다고 생각을 한다. 아빠와 아들은 말없이 TV를 본다.

'에밀리'를 만나다

다음날 아침, 민우는 다시 마음이 바빠진다. 자, 정민이가 일어나기 전에 샤워를 끝내야지. 오늘은 면도도 좀 정성껏 해야지. 그런데…… 어떤 옷을 입지? 모처럼 모자를 써 볼까? 아니야, 나는 아직도 모자가 어색해. 그러면…… 선글라스를 끼어 본다? 그건 괜찮은 생각인 것 같은데…… 민우는 아침을 지으면서도, 정민을 깨워 함께 아침을 먹으면서도, 아아, 여전히 그 여자에 대한 생각뿐이다.

정민을 스쿨버스 정류장에 내려주고 민우는 두 번의 콜을 받아 코리아타운을 돌았다. 어느덧 7시 40분이 되었다. 손님을 내려주자 마자 민우는 무전기를 집어든다. 박동수에게 보고를 해야 한다. 하지만 민우는 무전기를 도로 내려놓는다. 잠시 마음의 준비를 해야겠다. 천천히 심호흡도 한 뒤 박형에게 보고를 하자. 일상의 일이라는 듯이 태연하게 말을 하자. '8호차, 이제 8시 손님에게 갑니다' 라고 보고를 해야지. 민우는 잠시 운전석 깊이 기대며 눈을 감는다. 그런데…… 그녀에게는 뭐라고 인사를 해야 할까. 그래, 그녀에게도 태연히 인사를 해야지. 한 며칠 어디에라도 다녀왔다는 듯이 태연하게 '안녕하세요, 별일 없으셨죠' 라고 인사를 하는 거야…… 그나저나 그녀는 다시 만나는 나를 반가워할까. 아니 그런 것에 대한 생각조차 없는 것 아닐까…… 그때 무전기가 울린다.

"8호차 어디에 있습니까?"

"네, 마리포사와 9가입니다. 방금 손님을 내려드렸습니다. 그러면…… 8시 손님에게 갑니다."

민우의 말을 받아 박동수가 급히 말한다.

"아니에요, 방금 전화가 왔어요. 오늘은 10시에 와 달라는 주문입니다."

"네? 뭐라구요? 그러면 출근을 안 한답니까?"

민우는 공연히 허둥거리며 말마저 더듬거린다.

"글쎄요…… 난들 알 리가 있습니까? 그렇게 연락이 온 것이 전부이지요 뭐."

민우는 여전히 마음이 놓이질 않는다. 하지만 더 물을 수도 없는 일 아닌가.

"아, 네…… 알겠습니다. 그러면…….'

박동수가 묻는다.

"왜요? 그 시간에 다른 예약이나 계획이 있습니까?"

민우는 그때서야 어제 예약된 글렌데일로 가는 할머니의 생각이 난다. 그래, 오늘 10시에 벌몬트의 노인아파트 앞에 차를 대기로 했지…… 그러니 어쩐다…… 박동수가 재촉을 한다.

"김형, 그 시간에 예약이 있습니까?"

"네, 사실은…… 글렌데일의 아들집에 가시는 할머니를 모시기로 했거든요……."

민우의 대답에 박동수는 얼른 배차 정리를 한다.

"오케이, 그러면 김형은 장거리 가시는 할머니를 모시세요. 그 여자 손님에게는 9호차를 보내겠습니다. 자, 그러면……."

민우는 무전기를 움켜쥐며 얼른 말한다.

"아, 아니에요. 제가 그냥 가겠습니다. 글렌데일에 가시는 할머니에게 다른 차를 보내시죠."

"그래요? 뭘 그렇게까지……."

박동수는 잠시 침묵을 지킨다. 하지만 금세 밝은 목소리가 된다.

"오케이, 알았어요. 그러면 글렌데일에 9호차를 보냅시다…… 아, 전화 좀 받구요."

박동수는 곧 다시 무전 연락을 한다.

"8호차, 하버드 3가로 가세요. 공항에 나가는 손님입니다."

민우도 얼른 대답한다.

"알겠습니다. 다녀오겠습니다."

민우는 곧 하버드로 향한다. 그래, 꼭 알맞은 시간이다. 공항에 다녀와 그녀에게 가면 되겠다. 정말 박형은 여러 가지로 세밀하게 보살펴 주는구나. 정말 좋은 친구야…… 그나저나 이렇게 되었으니 내 마음을 들켜 버린 것은 아닌지 모르겠다.

민수는 하버드와 3가에서 짐이 많은 40대 중년의 사내를 태운다. 7년 만에 한국에 다니러 가는 길이란다. 사내는 모처럼의 여행에 마음이 들떠서인지 공항으로 가는 내내 연신 떠들어댄다. 남대문시장에서 시계장사를 하던 추억이며 만원버스에서 시달리던 기억들을 즐겁게 회상하기도 하고 요즈음 한국의 정치며 경제 상황들에 대해서도 열을 올리며 떠들어댄다. 민우는 그저 네, 네, 그렇죠, 하며 건성으로 대답을 한다. 어느덧 차가 공항입구에 들어선다. 민우는 미리 준비해 둔 말을 한다.

"손님, 아시다시피 저희는 캡이 있는 영업용 택시가 아니어서 공항에서의 영업은 못하게 되어 있거든요. 죄송하지만 공항에 대기 전에 차비를 미리 주시면 감사하겠습니다."

사내는 순순히 지갑을 꺼내든다.

"그래요, 나도 알고 있어요. 아무튼 고생이 많구만…… 자, 팁까지 합쳐서 35불이에요."

민우는 돈을 받은 뒤 사내에게 명함을 건네준다.

"정말 감사합니다. 안녕히 다녀오십시요. 오실 때에도 미리 전화를 주시면 공항에 대기를 하겠습니다."

"그래요, 그럽시다. 열흘 후에 다시 봅시다. 그런데 누구를 찾으면 되지?"

"네, 그냥 드림택시에 전화만 하셔도 되고요. 저는 8호차 미스터 김입니다."

민우는 공항 청사 입구에 손님을 내려준 뒤 공손히 인사도 하고

차를 돌린다. 어쩌면 이 사내와도 계속 연결이 될 것 같은 느낌이
들어 다소 마음이 가볍다.

민우는 9시 55분에 그녀의 아파트 앞에 차를 세운다. 아닌 정확
히 말을 하자면 9시 35분부터 한 블럭 건너편에 차를 세우고 이 아
파트 입구를 지켜보고 있었다. 너무 일찍 가서 대기를 하면 그녀
의 마음에 부담을 줄 것 같았다.

민우가 차를 세우자 기다렸다는 듯이 아파트 입구 유리문이 열
린다. 아, 아파트 유리문 앞에서 기다렸구나. 내가 조금 더 일찍
차를 댈 걸 그랬나…… 하지만 아파트 유리문 안에 있었으니 내가
볼 수가 없었잖아. 그래, 길에서 기다리는 것 보다야 안전하지. 그
렇고 말고…… 민우는 짧은 시간 동안에도 수없이 스쳐가는 그녀
를 향한 집중을 의식한다. 그녀의 걸음걸이, 옷차림, 모든 동작 하
나하나가 새삼스럽게 감격을 주는 것 같다. 민우는 그녀를 맞이하
기 위해 운전석에서 내리려다가 그냥 주저앉고 만다. 차를 향해
걸어오는 그녀는 혼자가 아니었다!

초등학교 일, 이학년이나 되었을까. 조그맣고 예쁜 여자아이가
그녀와 손을 꼭 잡고 걸어오고 있다. 한번 본 눈길에도 그녀의 딸
임을 짐작할 수 있었다. 그녀를 꼭 빼어 닮은 것이다. 민우는 갑자
기 정신이 다 아득해지는 것 같다. 아, 그랬구나. 그녀에게는 가족
이 있었구나. 저렇게 예쁜 딸도 있고 또…… 아, 그렇다면 저 애의

아빠도 있겠구나…… 민우는 자기의 가슴이 마구 뛰는 것을 느낀다. 도대체 뭘 어떻게 하겠다는 거야. 어차피 너는 아무것도 모르고 있었잖아. 그냥 순수하게 좋아한다면서? 민우는 격해지는 감정을 억누르며 자기 자신에게 외치고 외친다. 자, 이러지 말자. 제발 이러지 말라구…… 민우는 억지로 미소 지으며 운전석 문을 열고 차 밖으로 나온다. 눈이 마주치자 여자는 고개를 숙여 인사를 한다. 민우는 여자의 입가에 반가워하는 미소가 스치는 것을 놓치지 않는다. 하지만 무슨 의미? 민우는 커다란 상실감에 쌓인다. 여자애가 민우를 보며 방긋 웃는다.

"아저씨 안녕하세요? 저는 '애밀리' 예요."

두 사람을 뒷좌석에 태운 뒤 민우도 운전석에 다시 앉는다.

"에밀리는 아주 예쁘구나. 몇 살?"

민우는 고개를 돌려 에밀리를 바라본다. 민우는 에밀리와 나란히 앉은 여자의 얼굴에 가볍게 스쳐지나가는 미소를 본다. 하지만 그 미소가 민우는 오히려 심란하기만 하다.

"일곱 살이에요. '세컨 그래이드' 이구요."

"그렇구나. 반갑다."

민우는 고개를 끄덕이며 다시 앞을 바라본다. 그리곤 그대로 여자에게 묻는다.

"어디로 가시죠? 윌셔 사무실로……."

여자가 대답한다.

"아니요. 공항으로 좀 가주세요."

민우는 차를 출발시킨다. 누구를 마중나가십니까? 민우는 여자에게 물으려다 그냥 입을 닫는다. 문득, 에밀리의 아빠를 마중나가는구나 하는 생각이 들었다. 정신 차려, 이 인간아, 상심은 무슨 상심. 아무것도 모르고 그저 저 혼자 좋아해 놓고선…… 아무래도 내가 얼이 빠져 있구나. 제발 평상심을 유지하라구, 이 바보야. 민우는 가볍게 한숨을 쉬며 운전대를 꼭 움켜쥔다. 민우는 잡념을 떨쳐 버리기 위해 다시 에밀리를 상대로 말을 붙인다.

"그런데 에밀리는 오늘 학교엘 안 갔니?"

"이번 주부터 방학인 걸요."

"그래? 야, 좋겠는 걸, 아저씨는 학교에 다닐 때 방학이 제일 좋더라. 너도 그렇지?"

민우는 다소 과장스럽게 하하하 웃는다.

"좋긴 하지만 심심해요."

에밀리가 대답한다. 여자가 대화에 끼어든다.

"심심하긴…… 과외공부가 학교보다 더 재미있다면서……."

에밀리는 얼른 말을 받는다.

"피, 애들은 두 시만 되면 집으로 돌아가잖아. 여섯 시까지 있는 애들은 나하고 꼬마 애들 세 명밖에 없단 말이야."

여자가 다시 말한다.

"그래, 내일부터는 너도 두 시에 올 수 있어."

민우는 무심코 모녀의 대화에 끼어들고 만다.

"아, 공항엔 에밀리의 아빠가 오시나 보지요?"

잠시 침묵이 흐른다. 민우는 왠지 초조한 마음이 된다. 에밀리가 말한다.

"아빠요? 우리 아빠는 저기 계셔요."

"저기라니?"

민우는 백미러를 에밀리의 방향으로 맞추며 묻는다. 에밀리는 다시 손을 들어 손가락으로 하늘을 가리킨다.

"저기요. 하늘나라."

민우는 그 순간 가슴이 마구 뛰는 것을 느낀다.

"아아, 그랬구나. 아저씨가 미안하구나……."

민우는 말끝을 흐린다. 에밀리가 말한다.

"미안하지 않으셔도 돼요. 하늘나라는 좋은 사람만 가는 곳이니까."

다시 침묵…… 민우는 무언가 말을 찾아야 할 것만 같다. 다행히 여자가 말을 한다.

"공항에는 에밀리의 외할머니가 오세요."

"네에…… 미안합니다."

미안하다고? 거짓말쟁이 같으니라고. 너, 지금, 야호! 하고 소리를 지르고 싶지? 그녀에겐 남편이 없데요! 하고 소리를 지르고 싶지? 미안하다고? 이런 거짓말쟁이야. 오 마이 갓, 야호! 민우는 속으로 소리를 지른다. 민수는 자신도 모르게 액셀러레이터를 밟으며 다시 운전대를 꽉 움켜쥔다. 민우는 마음 깊은 곳에서 계속되는 어떤 열기를 느끼며 공항에 도착한다. 민우는 공항 청사 입구에 모녀를 내려주며 말한다.

"할머니를 모시고 바로 이 앞의 주차장으로 오십시오."

모녀는 총총히 청사 안으로 사라진다. 그 뒷모습을 한참 바라보다가 민우는 기어이 공항 경찰의 재촉을 받으며 그 자리를 떠난다.

민우는 주차장에 차를 세워놓고 길게 목을 빼고 그녀를 기다린다. 삼십 분, 사십 분, 오십 분이 지나고 있어도 오늘 따라 전혀 지루하지가 않다.

짐이 많이 있을지도 모르는데…… 내가 따라나서 줄 걸 그랬나? 그러면, 지금이라도 가 볼까? 그러다가 서로 어긋나면 더 힘이 들겠지…… 하긴 주제넘게 따라나서긴 어딜 따라나선다는 말이냐…… 민우는 혼자 속으로 말을 한다. 한 시간이 다 되어 갈 때 주차장 입구에 여자가 들어선다. 민우는 얼른 차에서 내린다. 그리곤 카트를 밀고 오는 여자에게 다가간다. 육십이 채 안 되어 보이는 아주머니가 에밀리의 손을 잡고 나란히 걸어오고 있다. 여성 삼 대가 보기가 좋군…… 어이구, 이런 푼수, 그저 정신을 못차려요…….

"안녕하십니까. 오시느라고 힘드셨지요."

민우는 공손히 인사를 한다. 그리곤 자연스럽게 여자로부터 카트를 물려받는다.

"택시가 왔다더니……."

에밀리의 외할머니는 무언가 의아스러운 모양이다. 에밀리가 말을 한다.

"이 아저씨가 택시 아저씨예요."

외할머니는 고개를 끄덕이면서도 다시 말을 한다.

"난 또…… 기사 아저씨 복장이 그래서……."

"아, 네……."

민우가 무언가 대답할 말을 찾고 있는데 여자가 먼저 말을 한다.

"여기 코리아타운에서는 다 그래요 엄마."

짐을 차의 트렁크에 싣고 세 모녀는 차에 오른다. 이번엔 여자가 자연스럽게 민우의 옆자리에 앉는다. 민우는 왠지 가슴이 뿌듯해진다.

코리아타운으로 돌아오면서 여자와 어머니의 사이에는 별 대화가 없었다. 아마도 민우를 의식해서 말을 아끼는 것 같았다. 에밀리만 쉴 새 없이 제 외할머니에게 질문을 던진다.

외할아버지는 뭐하세요. 외삼촌도 보고 싶어요. 큰이모와 전화를 했어요. 나도 외할머니를 따라서 한국에 가고 싶어요…….

민우는 박동수에게 무전을 하는 것도 깜빡 잊고 있었다.

"8호차 어딥니까? 아직도 공항에 대기중입니까?"

민우는 얼른 무전기를 들고 대답한다.

"네, 이제 막 코리아타운으로 접어들고 있습니다."

행복에 대하여

여자가 사는 아드모어의 아파트 앞에 도착했다. 할머니의 짐을 내려준 뒤 민우는 잠시 머뭇거린다. 여자가 커다란 가방을 힘들게 들고 올라갈 것을 생각하니 안쓰러운 마음이다. 하지만 불쑥 자기가 집까지 들어다 주겠노라고 말을 하기도 어려웠다. 여자는 무심코 가방을 들었다가 무게가 만만치 않은지 세 걸음도 못 옮기고 도로 내려놓는다. 여자의 어머니가 얼른 손을 내밀어 함께 가방을 들으려 한다. 민우가 나선다.

"자, 이리 비키세요. 제가 들어다 드리겠습니다."

여자와 할머니가 동시에 말을 받는다.

"아니에요, 우리가……."

"아이구, 고맙기도 하시지……."

민우는 얼른 가방을 들고 아파트 출입구로 향한다. 여자가 열쇠로 현관을 연다. 네 사람은 엘리베이터 앞에 나란히 선다.

"할머니, 선물 많이 가지고 오셨어요?"

에밀리는 민수 앞에 있는 큰 가방과 엄마와 할머니가 하나씩 들고 있는 두 개의 작은 가방을 가리키며 묻는다. 버릇없다며 여자는 에밀리를 가볍게 나무란다. 하지만 민우에겐 에밀리의 그런 모습이 천진난만하고 귀엽게만 느껴진다. 할머니 역시 미소를 지으며 대답한다.

"그럼, 우리 에밀리 주라고 외삼촌과 이모들이 선물을 잔뜩 보냈지."

네 사람은 엘리베이터에 오른다. 3층 16호, 민우는 드디어 여자의 집 앞에 선다. 민우는 가방을 문 앞에 놓고 돌아선다.

"저, 음료수라도 한잔하고 가시죠."

여자가 말한다. 민우는 미소 지으며 고개를 젓는다.

"아닙니다. 모처럼 어머니를 만나셨는데 제가 빨리 사라져야지요…… 자, 할머니, 안녕히 계세요."

민우는 에밀리에게도 '바이' 하며 손을 한번 들어준다. 에밀리도 고개를 숙여 인사를 한다. 할머니가 말한다.

"아무튼 고맙수…… 친절하기도 하시지……."

민우는 여자에게 말한다.

"할머니를 모시고 어디 가실 곳이 있으면 언제라도 전화주세요."

여자가 대답한다.

"네, 정말 감사합니다."

어느덧 열흘이 흘렀다. 하루하루가 민우에게 있어서는 더없이 즐겁고 행복한 나날이었다. 물론 그것은 그녀와 그녀의 가족들을 자주 만남으로 비롯되는 행복이었다. 가끔 민우는 생각한다. 내 삶에 이렇게 온기가 느껴지던 때는 언제였던가. 아니, 내게 그런 적이 있긴 있었던가…… 돌이켜 보면, 미국에 온 뒤로, 나는 늘 차가운 벌판에 혼자 서 있는 듯한 그런 느낌으로 살았다. 아니 3년 전 어느 날 준비도 없이 회사에서 밀려나고 말았을 때부터 나의 삶은 그야말로 내리막의 연속이었다.

그랬다. 나의 조국에서는 그 당시를 모두 위기의 시대라고 불렀다. 하루아침에 도산하는 기업들이 줄을 이었다. 많은 기업들이 소위 구조조정이라 불리는 인원감축을 통해 어떻게든 살아남을 길을 모색해야 했다. 거리는 회사에서 몰려난 사내들로 넘쳤다. 그 사내들 중에 민우도 있었다. 민우는 모든 것이 혼란스럽기만 했다. 낙오의 대열을 따라 걸으며 민우는 생각을 하곤 했다. 거리로 내몰린 사내들의 저주와 독기가 오히려 나라를 지탱하는 힘이 되는 것 같다고. 하지만 너무 억울해! 밤늦게까지 마신 소주 때문에 속이 아파 깨어나는 새벽이면 민우는 절망하곤 했다. 이 나라는 더 망할 거야. 구조조정? 물론 불가피한 일임을 나는 알아. 하지만 나는 아니야. 지난 7년에 걸쳐 쌓아올린 나의 근무성적과 실적들을 단순 비교해 보아도 알 수 있어. 나는 누구보다도 열심히 일을 했고 새로운 기획으로 실적도 높았어. 하지만 나는 실직자가 되었어. 소위 줄을 잘 선 동료들, 일보다는 처세에 능한 동료들이 오히려 살아남았어. 그러니 이 나라는 더욱 망하고 말거야…… 그로부터 육 개월을 더 고민하고 방황하다가 민우는 조국을 떠나기로 했다. 아무 미련도 없이…… 하지만 그 과정에서 가정도 깨어지고 말았다. 민우는 아들 정민을 데리고 미국으로 날아왔다. 생각만으로도 감당하기 어려운 정민 엄마와의 이별은…… 그래, 우린 애초에 인연이 아니었나 봐. 성격은 운명이라면서? 그래서 성격차이는 극복을 못한다잖아…… 민우는 마음이 아파서 늘 이쯤에서 더 이상 생각의 비약을 피한다.

　지난 열흘간 민우는 아침저녁으로 그녀를 자기의 차에 태웠다. 낮에는 에밀리와 할머니를 태우고 마켓으로 극장으로 데려다 주기도 했다.

　"8호차, 아드모어에서 호출입니다."

　민우는 박동수로부터 이 연락을 받는 것이 너무나 행복했다. 번번이 장거리 손님들을 포기하고 아드모어로 달려가는 민우를 박동수는 그저 미소로 지켜보고 있었다.

　어머니가 온 뒤로 그녀의 출퇴근에도 다소 변화가 생겼다. 어느 날은 저녁 8시가 넘도록 일을 했다. 어머니가 집안 살림을 돌보아 주니 회사일에 더욱 집중을 할 수 있게 된 모양이었다. 아마도 그 동안은 퇴근 시간이 일정해 누군가가 데려다 주었었는데 퇴근이 불규칙해지면서 퇴근 시간에도 민수의 차를 이용하게 된 것 같았다. 아무튼 민수로서는 하루에 두 번 그녀를 만나는 것만으로도 가슴이 뿌듯했다. 더구나 낮에 에밀리와 할머니를 태워주다 보니 애깃거리도 생겨서 이젠 그녀와도 제법 대화가 오고 간다. 더구나 민우는, 드디어, 그녀의 이름도 알게 되었다!

어제 저녁의 일이다. 저녁 9시가 다되어 그녀를 집으로 데려다 주면서 민우는 말했다.

"……우리 회사에서 에밀리 엄마를 뭐라고 부르는지 아세요?"

운전석 옆자리에 앉은 그녀는 고개를 갸웃거린다.

"글쎄요…….."

"궁금하세요? 관심이 없으면 그만두죠 뭐."

그녀는 미소를 지으며 민우의 옆모습을 바라본다.

"말씀해 보세요…….."

민우가 말한다.

"아드모어 여자 손님 혹은 8시 예약 손님이라고 불러요."

여자는 고개를 끄덕이며 싱긋 웃는다. 민우가 다시 말한다.

"에밀리 엄마의 이름을 알고 싶어서 이런 말을 했어요."

"……."

"글쎄…… 말을 하기 싫으면 그냥 두세요. 제 질문을 마음에 두지도 말구요."

"저는 소영이에요. 윤소영이라고 해요."

여자는 정면을 바라보며 나직이 대답한다.

아 아, 이 여자의 이름은 윤소영이구나. 민우는 속으로 두 번을 불러 본다. 그리곤 말을 한다.

"그렇군요. 윤소영 씨…… 그냥 저 혼자 알고 있겠습니다. 회사에선 아까 얘기한 그 호칭으로 그대로 불릴 겁니다."

여자는, 아니 소영은 미소 지으며 고개를 끄덕인다.

삼십대의 사랑법

에밀리와 할머니를 태우고 '그리피스 파크' 엘 다녀오는 길이다. 마켓에서 나와 집으로 향하다가 할머니는 북쪽을 가리키며 민우에게 물었다. 저 산에 올라가면 LA시내가 다 내려다보이느냐고. 민우는 대답했다. 그럼요, 시내를 한눈에 볼 수가 있습니다. 서쪽으로는 바다도 보이는 걸요. 그리곤 그대로 차를 돌렸다. 에

밀리는 신이 났다. 하지만 할머니는 다소 신경이 쓰이는 모양이었
다. 시간이 많이 걸릴 텐데…… 할머니가 말했다. 아이고, 염려 마
세요. 저도 가끔은 이런 시간을 가져 봐야지요.

"그래, 8호차 아저씨, 아니 미스터 김이라고 그랬지. 미스터 김
은 나이가 얼마나 되시나?"

할머니가 불쑥 묻는다.

"네에, 지금 서른여섯입니다."

서른여섯…… 할머니는 가만히 되뇌어 본다. 민우는 백미러를
통해 할머니를 바라본다.

"그래, 미국에 온 지 이제 삼 년이 되셨다구?"

"네, 삼 년이 다 되어 갑니다."

"그래, 한국에서는 뭘 하셨는데?"

"그냥 회사에 다녔었지요 뭐."

할머니는 고개를 끄덕이며 혼잣말을 하듯 말한다.

"한국에선 그리 험한 일을 하지 않던 사람들도 여기에 오면 다
들 힘들게 시작을 한다지……."

그렇다고 하지요. 민우는 대답을 하려다가 입을 닫는다. 할머니
가 다시 묻는다.

"그래, 가족은 몇이나 되시나?"

오늘 따라 할머니의 질문이 많구나. 민우는 대답한다.

"아들애가 하나 있습니다. 둘이서 살고 있지요."

"부인은 없구?"

"그렇게 됐습니다."

"그랬군. 그래서……."

할머니는 무언가 말을 하려다 입을 닫는다. 민우는 생각한다. 이렇게 해서 나에 대한 이야기를 하게 되었구나. 언젠가는 소영에게 말을 하려 했는데 뜻밖에 할머니를 통해 말을 하게 되었구나. 그러면 어떻게 시작을 해야 할까…… 이왕에 나에 대한 이야기를 하였으니 소영에 대한 나의 마음을 솔직하게 말해야 하는 것 아닐까. 하지만 그녀에게 거절을 당하면 어떻게 하지. 아무튼 내친걸음이다. 자, 김민우. 힘을 내라구. 힘을…… 할머니와 에밀리를 내려준 뒤 민우는 무전기를 집어든다.

"8호입니다. 콜을 받을 준비가 되었습니다."

무전기 저편에서 금방 박동수가 나온다.

"아니 두 시간이나 숨어 있다니요. 지금 어디에 있습니까?"

"네, 아드모어에……."

민우는 미처 말을 끝내질 못한다. 굳이 아드모어를 말하지 않았으면 좋았을 걸…… 아무튼 박형에게는 나의 밑천을 다 보이고 마는구나…….

"아, 그래요, 어쩐지……."

박동수는 잠시 말을 끊는다. 이윽고 박동수가 다시 말한다.

"오케이 그러면 본부로 오세요. 커피나 한잔합시다."

"네, 곧 가겠습니다."

민우는 박동수의 집으로 향한다.

"어때요? 잘 되어 갑니까?"

커피를 따라주며 박동수가 묻는다. 그의 태도가 진지해 민우도 성의껏 대답한다.

"사실 잘 모르겠습니다. 진행이 되고 있는 것인지 아무런 의미도 없는 일을 하고 있는 것은 아닌지 판단이 잘 서질 않네요. 왠지 자신도 없구요."

박동수는 테이블을 가운데 두고 민우와 마주 앉는다.

"김형이 어때서요? 상대에게 애정이 느껴지고 대화가 통하는 것 같으면 바로 표현을 해 보세요. 이십대 애들처럼 감정을 이리저리 재 보고 하는 것도 그렇잖아요. 좀 더 솔직하게 편하게 대하라는 거예요. 요는 삼십대 후반의 사랑법을 생각하라는 겁니다."

"그렇지요? 내가 너무 소극적이지요?"

"아무튼 나는 김형이 빨리 새 가정을 만들고 안정이 되길 바랍니다. 나는 그 여자 손님을 한번밖에 태우지 않았지만 분위기가 있는 사람 같았어요. 최형도 그렇게 말을 합니다. 김형과 잘 어울릴 것 같다고."

동수로부터 그런 말을 들으니 민우는 가슴이 다 벅차온다. 하지만 다소 부끄럽다는 생각도 든다. 그때 전화벨이 울린다. 동수는 얼른 전화를 받는다.

"자, 공항에 가는 손님입니다. 두 시간이나 땡땡이를 쳤으니 김 형이 다녀오세요."

"네, 다녀오겠습니다."

민우는 서둘러 동수의 아파트를 나선다.

다음날 아침, 민우는 소영의 아파트로 향하며 마음에 다짐을 한 다. 그래, 자연스럽게 말을 하자. 주말에 식구들을 모두 데리고 라 스베가스엘 다녀오자고…… 하지만 그녀가 거절을 하면 어떻게 하지? 이런 멍청이, 거절을 하면 그때 가서 생각을 하는 거야. 제 발 그렇게 미리 근심을 하지 말라는 말이다.

민우가 아파트 앞에 차를 세우자 현관이 열리며 소영이 나온다. 민우도 운전석을 열고 차에서 내린다. 서로 눈이 마주치자 소영이 미소 짓는다. 아, 저 미소…… 민우는 다시 가슴이 설렌다. 두 사 람은 차에 오른다.

"어제는 고마웠어요. 엄마와 에밀리가 무척 즐거웠나 봐요. 그 런데…… 어제 제가 퇴근할 때 왜 말을 안 하셨어요?"

민우가 대답한다.

"퇴근길에 말을 하고 차비를 받을 걸 그랬나요?"

이런 멍청이, 기껏 돈 이야기밖에 할 말이 없니? 도대체 나는 왜 이 여자 앞에서 자주 허둥거리곤 할까. 민우는 가볍게 한숨을 쉰다.

"방금 그 말은 취소해야겠습니다."

소영이 민우를 바라본다.

"돈 이야기를 하니 속된 것 같잖아요?"

소영이 제법 소리를 내어 웃는다.

"김 선생님이 속되다고요? 제가 보기에 김 선생님은 그쪽엔 영 적성이 없는 것 같은 걸요."

민우는 소영을 한번 바라보고 다시 고개를 앞으로 향한다.

"아무튼 그 말은 취소합니다. 사실 모처럼 나도 즐거웠어요. 짧은 시간이지만 숲길도 차로 달렸고…… 천문대 앞의 잔디밭에 에밀리와 함께 앉으니 정말 소풍이라도 나온 기분이었어요."

소영이 말한다.

"에밀리도 아저씨와 잔디밭을 뛰어다닌 것이 무척 재미있었다고 그러더군요."

잠시 사이를 두었다가 민우가 말을 한다.

"내겐 아들애가 하나 있습니다."

소영이 고개를 끄덕인다. 민우는 얼른 마음에 다짐을 한다. 자, 자연스럽게 말을 하는 거야. 자연스럽게…….

"저, 어젯밤부터 생각을 했습니다. 혹시 다른 계획이 없으면 이번 주말에 가족들 모두 라스베가스에 다녀올까요?"

민우는 말을 마치곤 소영의 표정을 살핀다. 소영의 얼굴에 어느덧 미소가 사라졌다. 표정이 없는 소영을 바라보며 민우는 마음의 긴장을 풀지 못한다. 잠깐 동안의 그 침묵이 너무나 무겁게 느껴진다. 소영이 민우를 바라본다.

"글쎄요…… 별 계획은 없는데……."

민우는 마음의 집중에서 비로소 벗어나는 자신을 느낀다. 이 느낌을 어떻게 표현해야 할까…… 순간, 민우의 마음의 창엔 아주 밝은 조명이 확 밝혀지는 기분이다.

점심시간의 한담

소영을 사무실 앞에 내려주고도 한참 동안 민우는 들뜬 마음으로 일을 했다. 정오가 가까워 올 무렵 7호차 최병호가 무전기로 민우를 부른다.

"8호, 어디에 있습니까?"

민우는 얼른 무전기를 들고 대답한다.

"네, 타운을 돌고 있습니다."

"그래요? 점심이나 같이합시다. 박형도 불러서."

"그렇게 하지요 뭐. 어디로 갈까요?"

"명동칼국수가 어떻습니까?"

"좋습니다. 30분 후에 가겠습니다."

"오케이. 박형에게는 내가 연락을 하겠습니다."

30분 후 명동칼국수 식당 앞에 최병호와 민우는 나란히 차를 세운다.

"요즈음 김형 얼굴 보기가 어렵네요?"

악수를 나누며 최병호가 웃는다.

"그러게 말입니다. 미식가인 최형이 자주 불러주지 않아서 그렇지요 뭐."

민우의 대답에 최병호는 고개를 저으며 다시 웃는다.

"아무튼, 빨리, 좋은 소식이 있기를 기다립니다."

민우도 고개를 저으며 웃는다.

"이거…… 조금 창피하기도 하고 그렇네요. 다 들켜 버렸으니 말입니다."

최병호가 말을 받는다.

"아이고, 진작 말을 했어야지요. 나는 김형이 그런 마음인지도 모르고 그 여자 손님 영양가도 없는 손님이네 어쩌네 했던 것이 마음에 걸립디다."

최병호는 식당 안을 들여다본 뒤 동수가 없음을 확인하곤 담배나 피우고 들어가자며 식당 앞의 대기 의자에 주저앉는다. 일 년 전에 담배를 끊은 민우이지만 아직도 이런 순간에는 담배의 유혹을 느낀다. 민우는 식당 앞에 쌓여 있는 주간지를 하나 들고 일부러 병호와 떨어져 앉는다. 병호가 장난스럽게 담뱃갑을 민우 앞으로 내민다. 민우는 고개를 저으며 쓰게 웃는다.

"하여튼 김형도 대단하다니까. 담배를 끊겠다고 하기에 며칠이나 가겠나 했었는데……."

민우가 대답한다.

"나는 체질적으로 담배가 안 맞는 것 같아요. 담배를 한 대 피우고 나면 몸이 떨릴 때도 있고 가슴도 뛰곤 했는데 그런데도 습관처럼 그냥 피워 왔어요. 사실 아직도 자주 담배의 유혹을 느끼곤 하지만 이젠 견딜 만합니다. 다시 그런 것을 반복하고 싶지는 않아요. 하지만 김형이야 담배를 피우면 마음도 차분해지고 안정이 된다니 굳이 끊을 필요가 없지요 뭐."

최병호는 담배연기를 길게 내뿜으며 말을 받는다.

"글쎄요…… 와이프와 애들의 성화 때문에 나도 끊어야 할 것 같아요. 이젠 눈치가 보여 집 안에서는 피우지도 못하고 베란다에 나와서 피우는 형편이니 말이 아니죠 뭐."

마침 박동수의 차가 주차장으로 들어선다. 역시 한 손에는 전화기를 들고 있다. 그러면서도 유연하게 차를 주차시킨다. 박동수는 이어서 무전기를 들고 연락을 한 뒤 차에서 내린다. 한 손에는 전화기를 들고 다른 한 손에는 무전기를 들고 있다.

"체질이라니까……."

최병호도 박동수의 모습을 유심히 보았는지 혼잣말처럼 말한다. 민우도 고개를 끄덕이며 미소 짓는다. 박동수가 말을 한다.

“아이쿠 기다리게 해서 미안합니다. 자, 들어갑시다.”

점심식사를 끝낸 세 사람은 박동수의 집으로 가서 커피를 앞에 놓고 마주 앉는다. 민우가 말을 한다.

“저, 이번 토요일엔 일을 못할 것 같습니다. 일요일은 어차피 내가 당번이 아니니 상관이 없겠구요.”

박동수와 최병호가 동시에 민우를 쳐다본다.

“저…… 소영 씨 가족들과 함께 라스베가스엘 가기로 했거든요.”

최병호가 먼저 말을 받는다.

“그래요? 잘 됐네요. 어쨌든 축하합니다.”

박동수도 고개를 끄덕인다.

“그렇게 되었군요. 그런데 그 여자분 이름이 소영입니까?”

“네, 윤소영이라고 합니다.”

다시 최병호가 말을 받는다.

“아, 이젠 이름도 알게 된 모양이구만요. 뭔가 조짐이 좋네요. 다시 한번 축하합니다.”

민우가 고개를 저으며 말을 받는다.

“글쎄요…… 사실은 별로 자신이 없어요. 내 처지도 그렇구……”

박동수가 말을 한다.

"또 그 말입니까? 김형이 도대체 어때서 그래요? 내가 보기엔 김형이 더 나은 것 같구만."

최병호가 문득 진지하게 묻는다.

"김형은 지금 체류 신분이 어떻다고 했지요?"

"유학생 신분이지요 뭐. 그런데 요즘은 점점 신분 연장도 어려워진다고 합디다. 내년도에는 그것도 걱정이에요."

최병호가 말을 한다.

"그까짓 것이 무슨 걱정입니까? 한국 방문을 못해서 그렇지 그냥 불법체류자면 어때서요? 나는 한국에 미련도 없으니 걱정도 안 돼요. 살다 보면 무슨 수가 생기겠지요 뭐. 오래되면 사면도 바라볼 수 있다고 합디다."

잠시 있다가 최병호가 다시 말한다.

"그런데 그 여자분, 아니 윤소영 씨라고 그랬죠. 윤소영 씨는 체류신분은 확실하겠죠?"

민우가 대답한다.

"잘은 모르겠지만 직장생활을 하는 것을 보니 신분이 확실하지 않겠습니까? 한국에도 가끔씩 다녀오는 것 같고……."

최병호가 말을 한다.

"그렇다면 얼마나 좋은 일입니까. 이번이 김형의 신분을 위해서도 좋은 찬스가 될 것 같네요."

박동수가 말을 한다.

"마음만 서로 잘 맞으면 사는 데야 한국이든 미국이든 어딘들 어떻습니까. 나는 신분문제는 별로 중요하지 않다고 생각해요. 혹시…… 김형은, 신분도 해결해야겠다는 그런 의도도 있습니까?"

민수는 고개를 젓는다.

"나도 신분문제는 별개라고 생각합니다. 사람이 먼저 아니겠습니까."

최병호가 말을 받는다.

"아니죠, 신분문제도 큰 문제예요. 이제 다시 한국에 나가서 살 수 있을 것 같아요? 우리는 그렇다고 해도 애들은 어떻게 합니까? 나야 와이프가 있으니 억지로 할 수 있는 입장이 아니지만 김형은 그것도 염두에 두고 여성을 사귀는 것이 현명한 방안이에요."

아빠, 결혼할 거야?

“정민아 이번 토요일에 우리 라스베가스에 갈까?”

저녁식탁에 마주 앉아 민우가 말을 한다. 이제 막 숟가락을 입에 넣던 정민은 눈을 크게 뜨고 민우를 바라본다.

“정말이에요? 아빠?”

정민은 숟가락을 내려놓는다. 입에 밥을 잔뜩 넣은 정민은 미처 다 씹지도 못하고 민우에게 확인을 한다.

“그럼, 정말이지. 아빠가 너한테 공연한 소리를 하겠니?”

정민은 얼른 밥을 마저 삼킨다.

“아빠가 데리고 가시는데 나는 신나는 일이죠 뭐. 그런데…… 웬일로 그런 생각을 하셨어요? 애들은 별로 볼 것도 없다고 그러시더니?”

민우는 식사를 끝내고 숟가락을 내려놓는다.

“아, 그건…… 사실은 아빠도 잘 몰랐었거든. 그저 어른들만 보는 쇼가 열리고 도박이나 하는 곳이라고 생각했었는데, 말을 들어보니 애들도 함께 볼거리가 많이 있다고 그러더라.”

“그것 보세요. 아빠는…… 내가 전에 말을 할 때에는 잘 듣지도 않으시더니. 누가 그런 얘기를 해 주었어요?”

“응, 이사람 저사람에게 들었지 뭐. 아무튼 이번 토요일에 가는 거야. 알겠니?"

정민이도 식사를 끝낸다.

"그런데, 우리 둘이만 가요?"

민우가 말을 한다.

"글쎄…… 우리 둘이만 가면 좀 심심하겠지? 그래서 같이 가기로 한 사람들이 있는데……."

"누구랑 같이 가는데요? 아, 알겠다. 7호차 아저씨랑 같이 가는 거죠? 그 아저씨는 전에도 아빠에게 같이 놀러가자고 그러셨잖아요."

"아니, 7호차 아저씨는 일을 하셔야 되거든. 저기…… 세 사람이야. 할머니 한 분, 아줌마, 그리고 2학년 여자아이……."

정민은 다시 눈을 크게 뜬다.

"할머니? 아줌마? 여자아이?"

민우는 고개를 끄덕인다. 정민은 잠시 생각하는 표정이다.

"아, 알겠다. 손님들을 모시고 가는 거죠? 그래서 가는 길에 나도 데리고 가시려는 거죠?"

민우는 대답을 흐린다.

"응, 그래……."

하지만 민우는 금방 고개를 저으며 다시 말한다.

"정민아, 사실은…… 요즈음 아빠하고 친하게 지내는 아줌마야. 한국에서 할머니가 오셔서 같이 구경을 시켜드리려고 하는 거야."

"네에……."

고개를 끄덕이며 정민은 다시 생각하는 표정이 된다. 민우는 가벼운 긴장을 느낀다. 정민이는 지금 내 말의 의미를 알 수 있을까…… 이윽고 정민이 말한다.

"아빠, 결혼할 거야? 나는 스텝마더가 생기는 거예요?"

정민이의 표정이 진지하다. 민우는 정민을 가만히 마주 본다. 그리곤 고개를 젓는다.

"정민아, 그 아줌마는 그냥 아빠 친구야. 그러니 너도 친해지면 좋겠어…… 2학년 여자아이도, 이름은 에밀리라고 하는데, 너랑 친해지면 좋겠구…… 우리는 주위에 친척들도 아무도 없잖아. 그러니 사람들을 많이 아는 것도 좋은 일이야."

정민이 다시 묻는다.

"그런데…… 아빠는 아줌마를 좋아하세요?"

민우는 정민을 바라보며 고개를 끄덕인다.

"응, 아빠는 그 아줌마하고 잘 지내고 싶어. 그러니 너도……."

정민은 민우의 말을 막고 다시 묻는다.

"아줌마도 아빠를 좋아하세요?"

민우는 정민을 바라본다. 하지만 정민의 마음을 읽을 수가 없다.

"말은 안 했지만 그럴 거라고 생각해. 그런데 정민아……."

민우는 잠시 말을 중단했다가 다시 잇는다.

"아빠가 아줌마 얘기를 해서 놀랐니?"

정민은 가만히 고개를 끄덕인다. 민우는 가볍게 한숨을 쉰다.

"너, 혹시…… 마음에 걱정이 되니?"

정민은 고개를 저으며 말한다.

"아니요, 그냥 어떤 아줌마인지 궁금해요."

민우가 말을 받는다.

"정민아, 아빠는 항상 너의 의견을 들으면서 살 거야. 너, 아빠랑 토론을 많이 해 봐서 그걸 잘 알지?"

정민은 미소를 지으며 다시 고개를 끄덕인다. 민우는 식탁에서 일어난다.

"그럼 됐어. 자, 오늘은 네가 설거지하는 날이지? 밤일 나가기 전에 아빠는 샤워나 좀 해야겠다."

민우는 무전기를 집어든다.

"저, 8호입니다. 잠시 쉬었다가 9시부터 콜을 받겠습니다."

이내 박동수의 목소리가 나온다.

"그렇게 하세요. 하지만 급하면 할 수 없습니다."

샤워를 마치고 민우는 거실 소파에 앉아 책을 읽는다. 민우는 그날그날 마음이 가는 데로 책을 읽는다. 소설과 시집, 수필집, 명상서적이나 처세에 관련된 서적, 자서전류, 철학서적이며 개론 수준의 전문서적도 읽는다. 이런 독서 버릇은 중학교 시절부터 몸에 밴 것이다.

'그래서 나는 이렇게 생각만 많은지도 몰라. 잡다한 생각에 묻혀 사느라 정작 행동은, 어떤 결정은 빨리 못하는지도 몰라…….'

책을 고르며 민우는 혼자 중얼거리곤 한다. 하지만 어쩌랴…… 일을 하다가도 한가한 시간에는 한인타운 내의 서점에 드나드는 것이 민우에겐 취미처럼 되어 버렸다. 느닷없이 무전기가 울려대곤 해서 서점 안의 사람들에게 다소 신경이 쓰이기도 하지만 '크게 피해를 주는 것도 아닌데 뭐. 얼른 밖으로 나가서 받으면 되지 뭐.' 하는 마음으로 서점에서 시간을 보내곤 한다.

요즈음 민우는 '무라카미 하루키'의 소설을 읽고 있다. 그의 간결한 문체며 주인공이 자신에게 보내는 다소 냉소적인 분위기의 묘사가 마음에 든다. 하지만 그의 소설은 대부분 따듯하다. 그리고 또 하나 '우리는 사소한 것에 목숨을 건다'라는 제목의 책을 읽고 있다. 그야말로 세상을 거창하게 살지 말고 하나씩 하나씩 느끼며 살라는 전언이다. 하긴 그렇다. 사람이 하루에 할 수 있는 것이 그리 많은 것은 아니라는 지혜를 민우는 이 책을 통해서 배웠다. 오늘 민우는 '우리는 사소한……' 제 2권을 읽고 있다.

"8호, 나오세요."

식탁 위에 놓아둔 무전기에서 박동수의 목소리가 흘러나온다. 민우는 소파에서 일어나며 시계를 본다. 8시 20분이다. 웬일일까. 9시부터 일을 달라고 했는데. 벌써 콜이 밀리나…… 민우는 무전기를 집어든다.

"네, 8홉니다."

"아, 김형, 아드모어 손님이에요. 윤소영 씨라고 했나요? 지금 와 달랍니다."

뜻밖의 호출이다. 민우는 다시 묻는다.

"그래요? 지금이요?"

박동수가 말한다.

"글쎄요…… 급한 일 같지는 않던데, 지금 운행중이면 천천히 와도 된다고 합디다. 집에서 쉬고 있으니 바로 연락하겠다고 했어요."

카페 마로니에

민우는 얼른 외출 차비를 마친다. 그리곤 제 방에서 책을 읽고 있는 정민을 부른다.

"정민아, 아빠 일 나간다. 무슨 일 있으면…… 알지?"

정민이 방에서 나오며 대답한다.

"그럼요. 안녕히 다녀오세요."

무슨 일이란, 누군가 모르는 이가 방문을 하거나 전화를 걸어올 때를 대비해서 정민과 약속을 해놓은 비밀을 말한다. 아직 13세가 안 된 아이를 혼자 집에 있게 해서는 안 되는 법 규정 때문에 부득이 민우와 정민은 거짓말을 한 가지 준비해놓고 있다. 그런 일이 있을 때, '아빠는 지금 샤워중'이니 잠시 후에 다시 방문을 하거나 전화를 하라고 대답하곤 바로 민우에게 전화를 하기로 한 것이다. 지금껏 그런 일로 빨리 집에 돌아와야 할 상황이 벌어진 적은 한번도 없었고 또한 민우가 사는 아파트엔 거의가 한국사람들만 있으므로 크게 신경을 쓸 일은 아니지만 그래도 법을 어기고 정민을 혼자 있게 한다는 사실이 민우에겐 마음의 부담이 되고 있다. 가끔씩 신문에서 애들만 집에 있게 했다가 적발이 되어 곤경에 처하는 사람들의 기사를 읽으면 민우 역시 가슴이 뜨끔해지곤 한다. 따라서 민우는 밤 시간에는 한번의 콜이 끝나면 의레 집에서 다음 콜을 대기하고 있다.

민우는 서둘러 아파트 주차장을 벗어난다. 하지만 무슨 일일까. 혹시 라스베가스에 함께 못 가겠다는 말을 하려는 것일까. 민우는 고개를 젓는다. 아니야, 그런 말이라면 조금 전에 퇴근 시간에 했을 거야. 그러면…… 혹시 누가 아픈가. 민우는 다시 고개를 젓는다. 아니야, 급한 일은 아니라고 했다지…… 그러면 왜 이 시간에 불렀을까…….

잠시 후 민우는 소영의 아파트 앞에 차를 세운다. 기다렸다는 듯이 아파트 현관 유리문이 열리고 소영이 차를 향해 걸어온다. 스카이 블루의 면바지와 하얀 티셔츠를 입고 있는 모습이 편하고 자유로와 보인다. 아, 그러고 보니 나는 늘 소영이 정장을 한 모습만 보았었구나. 민우는 얼른 생각을 거둔다. 이 인간아, 지금 옷이 문제가 아니잖아…… 소영이 차에 오른다.

"어서 오세요. 그런데 웬일입니까. 이 시간에……."

민우가 소영을 보며 말한다. 소영도 민우를 바라본다.

"바쁜 시간은 아닌지 모르겠어요……."

"운전사야 콜을 받으면 늘 바쁘죠. 그래서 이렇게 달려왔잖아요."

민우는 일부러 농담처럼 말을 받는다. 하지만 마음 한편의 긴장은 어쩔 수가 없다. 소영이 미소 짓는다. 민우가 말한다.

"어디로 가시는 데요?"

소영은 무언가를 생각하는 표정이다.

"저…… 어디 가서 차나 한잔하면서……."

뜻밖의 말이다. 민우는 고개를 돌려 소영을 바라본다. 하지만 표정을 읽을 수가 없다. 민우는 차를 출발시킨다.

"그러면 6가 길에 있는 카페로 가 볼까요. 마로니에라는 이름의 카페인데……."

민우의 말에 소영은 고개를 끄덕인다. 잠시 대화가 중단되었다. 민우가 말한다.

"그런데, 왠지 긴장이 되는데요? 무언가 감이 잡히질 않아서
요."

민우는 소영을 한번 바라보곤 다시 고개를 앞으로 향한다. 민
우는 문득 얼굴에 와 닿는 소영의 눈길을 느낀다. 민우는 속으로
말한다. 하지만 나는 당신의 그 눈길의 의미를 정말 모르겠
어…….

잠시 후, 카페에 들어선 두 사람은 탁자를 사이에 두고 마주 앉
는다. 편안한 소파 스타일의 의자가 안락한 느낌을 준다. 특별한
장식을 하지 않은 흰색 페인트의 벽이 쾌적하고 깨끗한 인상을 준
다. 홀 안에 놓인 여러 개의 키 큰 화분들과 천장의 전등들이 조화
를 이루어 전체적으로 고급스러운 느낌을 준다. 알맞은 밝기의 조
명이다. 홀 안에는 요즈음 유행하는 한국의 가요가 작게 흐르고
있다. 손님들은 주로 한인 젊은이들로 술과 안주를 앞에 놓고 대
화를 나누고 있다. 민우가 말한다.

"차는…… 커피? 괜찮으세요? 나는 맥주를 한잔 마시겠습니
다."

"맥주를 드셔도 괜찮으세요? 운전을 하시는데……."

"작은 것 한 병인데요 뭐. 그리고…… 오늘은 나도 소영 씨와 이
야기를 좀 나누고 싶어요. 그쪽에서 괜찮으시면 말입니다."

소영이 민우를 바라보며 고개를 끄덕인다.

"그러면 저도 맥주를 한잔 마시고 싶어요."

마침 다가온 웨이터에게 민우는 버드와이저 두 병을 주문한다.

소영은 홀 안을 둘러본다. 민우도 그 눈길을 따라 다시 한번 홀 안을 둘러본다. 이윽고 두 사람의 눈이 마주친다.

"분위기가 제법 괜찮지요?"

소영이 가볍게 미소 짓는다. 웨이터가 맥주와 유리컵을 놓고 돌아선다. 민우는 소영의 앞에 있는 잔을 가져다 먼저 한잔을 따라서 소영의 앞에 놓아준다. 그리고 자신의 잔에도 맥주를 채운다. 민우는 잔을 들어 소영의 앞으로 내민다.

"자, 첫잔은 이렇게 하는 거랍니다. 건배를 하는 거죠."

소영도 미소를 지으며 잔을 앞으로 내민다. 두 사람의 유리잔이 가볍게 부딪친다. 민우는 두세 모금을 마신다. 소영은 겨우 입술만 축이고 잔을 내려놓는다. 민우는 소영을 바라본다.

"소영 씨가 먼저 얘기하세요. 무슨 말이든 들을 준비가 되었습니다."

소영은 민우의 눈길을 피해 고개를 옆으로 돌린다.

"저…… 토요일에…… 정말 함께 가도 되는 건지 모르겠어요……."

민우가 말한다.

"그 말이 하고 싶었군요."

소영이 고개를 끄덕인다.

"내가 소영 씨 가족들에게 결례를 한다고 생각합니까?"

소영이 고개를 젓는다.

"그러면 소영 씨는…… 마음에서 나를 경계하는 모양이군요."

소영이 민우를 바라본다.

"저는 항상 고맙게 생각을 하고 있는 걸요."

민우도 소영을 바라본다.

"고맙다는 말은…… 좀 그렇네요…… 소영 씨는 나의 관심이 마음에 부담스러우세요?"

소영은 고개를 숙인다. 민우는 가볍게 한숨을 쉰다. 민우는 잔을 들어 두세 모금을 마신다. 민우가 다시 말한다.

"소영 씨가 나를…… 그냥 편한 친구처럼 생각해 주면 좋겠습니다. 사실 나는 소영 씨에게 호감 이상의 감정을 가지고 있어요. 하지만 소영 씨도 내게 그런 감정을 가져달라고 말하지는 않겠습니다. 내가 조금 더 젊었다면 지금처럼 이렇게 행동하지는 않았을 겁니다. 뭔가 빨리 결말을 지으려고 마음에 서둘렀을 거예요. 하지만 요즘의 나는…… 말하자면 자연스럽게 살고 싶어요. 마음이 흐르는 데로 말입니다."

소영이 말한다.

"민우 씨는 저를…… 저에 대해서 잘 모르잖아요……."

민우가 말을 받는다.

"하지만 중요한 사실을 알지요. 소영 씨가 에밀리와 둘이 살아간다는 것. 그리고…… 마음에 감당이 어려웠을 상처가 한 가지

있다는 것…… 그런 소영 씨에게 내가 어떤 동료의식을 느낀다
면…… 실례입니까?"

민우는 말을 마치고 소영을 바라본다. 소영도 고개를 들어 민우
를 마주 본다.

추억이라는 이름으로

사람은 과거의 기억으로부터 자유로워질 수가 없다. 그래서 사
람들은 애써서 과거의 기억을 미화시키곤 한다. 그리곤 추억이라
는 이름으로 포장을 하여 세상에 내어놓는다. 현재의 삶이 괴로
운 사람일수록 자신의 과거사를 더욱 미화한다. 민우는 생각한
다. 어쩌면 사람들은 화려한 과거를 만들기 위해서 희망의 미래
를 설계하는 것이라고. 그리고…… 자신의 과거를 미화하는 사람
은 그 미화를 통해 앞으로 전개될 미래의 삶에 어떤 역동을 얻게
되는 것은 아닐까. 그야말로 과거에 돈과 명예의 중심에 있던 어
떤 이는 그 화려했던 과거사의 덫에 걸려 한 걸음도 더 나가질 못
하고 회의와 좌절 속에서 하루하루를 살아간다. 그에게 있어 실

재의 과거사는 그의 삶에 무용지물이 되어 버린 것이다. 그런데 또한 어떤 이는 초라하고 상처뿐인 자신의 과거사를 훌훌 털어내고 지금은 역동의 미래를 만들며 살고 있다. 그는 자신의 상처뿐인 과거사를 습관처럼 미화해서 늘어놓는다. 그렇다면…… 사람에게는 실재했던 과거사가 필요한 것일까. 혹은 거짓으로라도 미화된 과거사가 필요한 것일까…… 민우는 자신의 과거사를 생각한다. 나의 과거는…… 지금의 내게 상처일까 혹은 작은 위로일까. 민우는 그 어느 것에도 동의를 할 수가 없다. 민우에게 있어 자신의 과거사는 상처이자 위로이고 또한 위로이자 상처이다. 이러한 민우의 과거사가 미래에 대한 역동으로 승화될지 혹은 회의와 절망으로 빠져 시간이라는 무형물에 계속 끌려 다닐지 누가 알겠는가. 민우는 더불어 소영을 생각한다. 아마도 나는 오랫동안 소영에게 집중을 하게 될 것이다. 소영이 슬프면 나도 슬퍼질 것이고 소영이 절망에 빠지면 나도 절망에 빠질 것이다. 소영이 행복하면…… 아, 나도 조금은 그 행복을 나누어 가질 수 있을 것 같다. 그런데…… 소영은 어떻게 자신의 세월을 살아왔을까. 내게는 물론 그녀와 함께 공유할 과거의 기억이 없다. 그러니 지금 내게 필요한 것은 그녀의 과거를 그대로 감싸안는 것이다. 과거를 공유할 수는 없어도 과거를 같이 느낄 수는 있지 않을까. 그녀의 상처를 같이 슬퍼하고 그녀의 행복을 같이 행복해하는 것이다. 하지만…… 그녀의 그 행복이 계속되었더라면 나와의 만남도 없었을 터인데…… 그래도 내가 그녀와 같이 행복해할 수 있을 까…… 민우는 속으로 웃어 버린다. 그리곤 고개를 젓는다. 과거 를 질투하는 인간은 참으로 미련한 인간이다. 문제는 과거를 대 하는 그 사람의 태도가 문제일 뿐이다. 화려한 과거이든 상처뿐 인 과거이든 그것을 통해 그려낼 수 있는 그 사람의 미래 모습이 중요한 것이다. 그런 의미로 나는 소영이 겪어낸 일이라면 무엇 이든 받아들일 수 있을 것 같다…… 소영은 지금부터 내게 자신 의 과거를 말할 것이다. 그러니 지금은…… 시간이 정지되어 있 다. 민우는 생각한다. 이 시간은 미래도 아니고 과거도 아니고 그 렇다고 현재도 아니야. 그저 어느 순간 존재했던 한 여자의 삶의 궤적이 조용히 재현되는 것일 뿐이야.

민우가 두 병의 맥주를 마실 때까지 소영은 두 잔도 마저 비우 질 못한다. 소영은 맥주잔을 들어 다시 한 모금 마시고 내려놓는 다. 소영이 다시 말한다.

"……그렇게 대학을 졸업한 뒤에 저는 서울에 있는 고등학교의 선생이 되었어요. 그리고 거기서 에밀리 아빠를 만났어요. 저는 영어선생 그리고 에밀리 아빠는 수학선생이었지요."

에밀리의 아빠 조 선생은 강직한 성격의 남자였다. 나름대로 교 육관이 투철했고 사회의 불의에 맞서려는 투지도 있었다. 따라서 한국이라는 사회 구조와, 시대와 불화를 겪을 수밖에 없었다.

'다 때려치우고 이민이나 갈까.'

그는 결혼 초기부터 입버릇처럼 이렇게 말했다.

'그냥 피해 가자구요. 우리가 할 수 있는 한도 내에서 애들을 똑바로 교육시키고 우리 생활도 되도록 깨끗이 유지하면 되잖아요. 나는 당신이 학부모들의 봉투를 거절하고 되돌려주는 것 한 가지만으로도 시대의 본이 되는 교육자라고 생각해요. 그래도 싸우려면 제발 당신 자신도 돌보면서 싸우라구요…….'

소영은 남편이 걱정스럽기만 했다. 아울러서 자신들의 앞날이 불안해지기 시작했다.

'그래, 정말 이민을 가자고 그럴까. 그러면 그가 좀 달라질까.'

소영도 가끔 그런 생각을 하게 되었다.

1990년대의 한국 교육계의 커다란 현안 중에는 소위 전국교사노동조합 사건으로 물러난 교사들의 복직에 관한 문제가 있었다. 한국 땅에 '참교육'의 이상을 실현하려는 노력은 아직도 요원한 문제였다. 대학 입시 위주의 교육을 극복하고 인성을 중히 여기는 열린교육을 실시하자고 주장하던 선생님들이 수천 명이나 학교에서 쫓겨나 몇 년째 복직 투쟁을 하며 어려움을 겪고 있었다. 한동안 고민하던 소영의 남편은 드디어 그 일에 자신을 던지기로 결심을 하였다. 소영에게는 그저 이해해달라는 한마디만 남겼을 뿐이었다. 그 뒤의 우여곡절을 새삼 회상해 무엇하겠는가. 관계기관을 상대한 진정과 시위, 그리고 이어지는 정보기관의 개입, 주모자의 연행, 고문, 그리고 또 한번의 대량 해직…….

'이렇게 해서 조금씩 달라지는 거야. 시대가 변하고 있어. 두고
보라고 몇 년 안 가서 우리들은 다시 교단에 서게 될 거야.'

학교에서 물러난 남편은 이렇게 자신을 위로하고 가족을 위로
했다. 하지만 말이 몇 년이지 한창 일을 해야 할 나이에 무엇으로
자신을 지킨다는 말인가…… 서너 해를 책을 읽으면 살던 남편은
마침 십 년 전에 누나가 신청을 해놓은 미국 영주권 승인이 나오
자 두말없이 미국으로 건너오고 말았다. 그 사이에 에밀리도 태어
났다.

"에밀리 아빠도 여기에 와서 한해 동안 택시 운전을 했어요. 한
동안 청소와 페인트 일도 했었고…… 그러다가 좀 안정된 일을 해
본다며 마켓을 하나 인수하기로 하였어요……."

마켓의 인수절차가 끝나고 새로운 설계에 한창이던 무렵의 일
이었다. 남편은 그동안 타 오던 승용차를 처분하고 짐을 실을 수
있도록 '밴'을 한 대 사기로 했다.

"물건도 실어 나를 수 있고…… 또 가끔씩 여행을 가더라도 여
차하면 잠을 잘 수도 있으니 얼마나 편리하겠어. 다소 무리가 되
더라도 이번에 새 차로 바꾸어 보자구."

새 차를 인수하기로 한 날은 마침 비가 내렸다. 모처럼 내리는
봄비가 왠지 소영의 마음을 우울하게 만들었다. 함께 따라 나서려
는 소영을 남편이 말렸다.

"당신은 집에 있으라구. 어차피 장사를 시작하면 서로 바빠질

테니까……."

그렇게 집을 나간 남편은 다시는 집에 돌아오지 못했다. 차를 인수한 남편은 곧장 프리웨이에 들어섰다가 그만 참변을 당했다. 앞서 가던 승용차가 빗길에 미끄러지면서 사고가 유발되어 남편의 차 역시 난간에 부딪치며 전복이 되고 말았다. 그리고 남편은 현장에서 사망을 했다…… 5년 전의 일이었다.

그렇게 소영은 살았다. 오직 에밀리가 삶의 위로요 목적이 되었다.

"지금으로선 그래요…… 에밀리가 저의 삶에 방향을 주고 있어요……."

소영은 다시 맥주잔을 집어들고 두 모금을 마신다.

"그리고…… 그 뒤로 저는 운전을 못해요. 몇 번이나 시도를 해 보았는데, 이성으로는 극복이 될 것 같은데, 막상 운전석에 앉으면 두려움이 몰려오는 거예요……."

민우는 비어 버린 자신의 잔에 맥주를 채운다. 마음이 무겁기만 하다. 민우는 소영을 바라본다. 어느새 소영의 눈가가 젖어 있다. 두 사람은 한참 동안 그렇게 앉아 있었다.

"미안해요. 내가 공연히 소영 씨의 과거에 관심을 가졌나 봐요."

소영이 고개를 젓는다.

"괜찮아요. 이렇게 누군가에게 말을 함으로써 제 자신도 위로를 받게 될 줄은 정말 몰랐어요……."

소영의 눈가에선 기어이 한 줄기 눈물이 흘러내린다. 슬픔의 눈물로 그 슬픔을 위로받는 이 역설이라니…… 민우는 소영을 바라보며 천천히 자신의 잔을 비운다.

문득, 시간이 정지된다. 아니, 두 사람은 각자의 생각에 잠겨 앞에 앉아 있는 서로의 존재를 잠시 잊는다. 하지만 그리 걱정할 정도의 침묵은 아니다. 과거는 이미 흘러간 과거일 뿐이다. 보다 중요한 것은 지금 이 순간이 아니겠는가.

카페 안을 흐르는 음악이, 옆 테이블에서 들려오는 남녀의 웃음이, 그리고 혀끝에 느껴지는 차가운 맥주가, 다시금 두 사람을 현실로 불러온다. 민우는 소영을 바라본다. 그리곤 말을 시작한다.

"얼마 전에 한국 드라마를 보다가 아, 그렇겠구나 하고 느낀 것이 하나 있었어요…… 사실 내용은 뻔한 것이었지요. 한 여자를 사랑하는 한 남자가 있습니다. 그런데 이 여자는 다른 남자를, 그것도 가정을 가지고 있는 나이 많은 남자를 사랑하는 겁니다. 여자 주인공의 심리를 옹호하기 위해서 작가는 여자 주인공이 어려서 아버지를 여의는 배경도 만들어 주었던데…… 나는 참 이런 것도 고루한 방식이라고 생각해요. 어쨌든…… 젊은 남자는 끊임없이 여자의 주위를 지키면서 여자를 설득하고 그 마음을 돌리려고 애를 씁니다. 그런데 이런 대사가 나와요. 젊은 남자가 그러더군요. '사랑이란 상대를 배려하는 것이라고 생각한다. 네가 이루지 못할 사랑에 가슴 아파하는 것이 몹시 질투가 나지만 그래도 나는 너의 슬픔을 위로해 주고 싶다…….' 그 드라마를 보면서 내가 건진 유일한 말입니다. 배려라는 단어의 새삼스러운 의미 말입니다."

민우는 잔을 들어 맥주를 마신다. 그리곤 미소 지으며 말을 잇는다.

"그런데…… 배려엔 열정이 없지요. 사실은 폭풍 같은 사랑, 열정의 사랑, 이런 것이 더 멋이 있을 것 같은 데 말입니다."

소영이 고개를 끄덕이며 미소 짓는다. 민우가 묻는다.

"뭐에 동의한다는 뜻입니까? 배려에? 폭풍에?"

소영은 소리를 내어 가볍게 웃는다.

"둘 다요……."

민우도 고개를 저으며 웃는다. 그리곤 맥주잔을 집어든다.

"그래요. 우리 다시 앞으로 돌아갑시다. 우리가 함께 라스베가스에 가는 거…… 미리 마음에 경계하지 마세요. 그냥 나들이 간다고 생각하고 가벼운 마음으로 갑시다."

민우의 재촉에 소영도 앞의 맥주잔을 든다. 두 사람은 가볍게 잔을 마주 댄다.

"그리고 라스베가스에 가자는 나의 제안에는 두 가지 의미가 있어요. 소영 씨와 가족들을 위한 배려, 그리고…… 어디든 달려가고 싶은 마음의 폭풍, 그 두 가지예요. 자, 나도 말이 됩니까?"

소영은 미소 지으며 입술만 축이고 맥주잔을 내려놓는다.

두 사람은 12시가 가깝도록 그 자리에 앉아 있었다. 민우는 혼자서 네 병의 맥주를 마셨다. 소영은 한 병이나 다 마셨을까……

일어날 시간이 되자 소영이 걱정스럽게 말한다.

"여러 병 드셨는데 운전을 하시려구요?"

민우가 웃으며 말을 받는다.

"염려 마세요. 내가 택시 운전사 아닙니까. '동시 픽업' 이라는 것이 있어요. 들어 보셨죠?"

소영이 고개를 끄덕인다.

"대리운전을 말하는 것이죠?"

"그래요, 운전사가 두 사람이 동원되지요. 한 사람은 대리운전을 해 주고 또 한 사람은 목적지에 가서 대리운전자를 다시 태워 오는 것이죠."

민우는 소영을 앉혀놓고 자기의 차로 가서 무전기를 켠다.

"박형, 마로니에로 와주실 수 있습니까? 저 술을 좀 마셨거든요."

"아이구, 동시 픽업 주문입니까. 당장 달려가야죠. 아시겠지만 한인타운은 20불입니다."

무전기 저편에서 박동수가 농담을 던진다.

"미안합니다. 그렇게 됐습니다. 저녁일도 못하고……."

“천만의 말씀을…… 그래, 윤소영 씨와 같이 있습니까?”
“네, 라스베가스 여행에 대해 이야기를 좀 나누었습니다.”
“그래요, 곧 갈 테니 기다리세요.”

라스베가스에서

민우의 차가 라스베가스로 접어들었다.

일행은 오전 열 시에 출발을 했지만 중간에 쉬어 오느라 지금은 오후 여섯 시가 지나고 있다. 다소 서먹한 출발이었지만 커피를 마시거나 점심을 먹으며 세 번을 쉬는 사이에 정민과 에밀리는 애들답게 금방 친해졌다. 에밀리는 정민을 오빠라고 부르며 따랐고, 정민이는 정민이 대로 에밀리를 데리고 음료수며 아이스크림을 사러 다녔다.

“애들이라서 역시 금방 친해지는구나.”

개스를 넣은 뒤 잠시 들른 마켓에서였다. 마켓 입구에 놓인 의자에 앉아 커피를 마시며 할머니는 미소 지었다. 정민과 에밀리는 아이스크림을 손에 들고 무슨 즐거운 이야기를 나누는지 어깨를 흔들며 웃고 있다. 이쪽을 향해 나란히 걸어오는 정민과 에밀리의 모습을 보며 민우는 가슴이 다 환해지는 것 같았다.

민우는 옆의 의자에 앉은 소영을 바라보았다. 두 사람의 눈길이 잠시 얽혔다. 민우는 정민을 보고 말했다.

"자, 이제부터 자리를 좀 바꾸자. 아줌마가 앞에 앉으시고 정민이가 뒷자석에 앉아야겠다. 할머니도 좀 편히 가시게……."

"네 알겠어요. 아빠."

정민이 대답했다. 이렇게 자리를 바꾼 뒤 또 한 시간 반을 달려 라스베가스에 도착을 했다. 프리웨이를 벗어날 무렵, 문득 맨달레이 베이(MANDALAY BAY) 호텔의 간판이 눈에 들어온다. 민우가 말한다.

"할머니, 오른쪽의 저 호텔이 몇 해 전 한국에서 갑자기 유명해진 일이 있어요."

"그래요? 왜 그렇게 유명해졌을까?"

"왜 손지창과 오연수라는 부부 탤런트 아시죠? 오연수의 엄마 그러니까 손지창의 장모가 큰돈을 딴 곳이 바로 저 호텔이거든요."

"오호 바로 저기였구만! 한동안 떠들썩했지. 심지어는 관광단도 모집이 되고 그랬었다우."

할머니는 금방 큰 관심을 보이며 창밖을 바라본다. 차가 프리웨이를 벗어난다. 민우는 잠시 길을 잃는다. 예약을 해 둔 '서커스 서커스' 호텔을 찾을 수가 없다. 몇 달 전에도 왔었는데…… 민우는 가볍게 한숨을 쉬며 혼잣말하듯 말한다.

"이렇게 길눈도 어두우면서 운전을 한다고…….."

옆에 앉은 소영이 민우를 바라본다.

"시간이 많이 있는데요 뭐. 천천히 찾아보세요."

할머니는 눈앞에 펼쳐지는 화려함과 거대함에 거듭 감탄을 하느라 다른 생각의 여지가 없는 듯했다. 애들은 애들대로 거리의 풍경에 눈을 떼지 않고 있다.

민우는 한 주유소에 차를 세우고 가지고 있던 라스베가스 지도를 펼친다. 그리곤 다시 방향을 잡아 차를 돌린다. 차는 십 분도 안 되어 서커스 서커스 호텔에 도착한다.

"자, 일단 방에 올라가서 짐을 풀고 쉬었다가 한 시간 후에 야경을 보러 갑시다."

민우는 소영에게 키를 건네주며 말한다. 민우와 정민이 쓸 방 그리고 소영의 가족이 쓸 방 두 개를 7층에 나란히 잡았다.

민우는 정민을 데리고 방으로 들어선다. 민우는 옷가지와 세면도구를 넣은 백을 바닥에 던져놓곤 침대에 벌렁 드러눕는다.

"아빠, 정말 건물들이 굉장히 크네요. 이렇게 큰 건물들은 처음 보는 것 같아요."

정민은 창 앞에 서서 밖을 내다보며 말한다.

"그렇지? 아빠도 처음 왔을 때엔 정말 깜짝 놀랄 정도로 크게 보이더라."

"지금은 안 그래요?"

"여러 번 보면 그냥 익숙해지는 법이야. 크면 큰 대로 말이야."

"익숙해지는 게 뭐예요?"

"익숙하다는 건…… 뭐랄까…… 그냥 편해지는 거야. 너 어디
에 놀러갔다가, 혹시 친구집에라도 놀러갔다가, 집에 돌아오면 마
음이 편해지지? 뭐 그런 거야. 자기 집이 익숙해져서 그런 거야."

정민은 어깨를 한번 으쓱한다. 알아듣겠다는 것인지 모르겠다
는 것인지 민우로서는 그 뜻을 알 수가 없다. 아무튼 정민은 그것
에 대해서는 더 말이 없다. 정민은 TV 앞에도 서 보고, 테이블 앞
의 의자에도 앉아 보고, 화장실 문도 열어 본다.

한 시간 후, 민우는 정민을 시켜 소영의 식구들을 불러낸다.

"할머니, 저녁식사를 하기 전에 한 군데 가 볼 곳이 있습니다.
전등 쇼를 하는 곳인데 이백만 개도 넘는 전구들이 음악에 맞추어
일시에 켜졌다 꺼졌다 하면서 장관을 만들고 있지요. 제가 아무리
말로 설명해도 직접 가서 보시기 전에는 상상을 못하실 겁니다."

이제는 구거리로 불리는 다운타운을 향해 가면서 민우가 설명
한다.

"소영 씨도 못 보았다고 했지요?"

민우는 옆에 앉은 소영에게 묻는다. 소영이 대답한다.

"라스베가스는 두 해 전에 사무실 식구 세 사람과 저녁 무렵에

와서 게임만 하곤 새벽에 돌아간 것이 전부였어요."

"아, 그렇게 말을 했었죠. 아무튼 대단한 볼거리이니 인상에 남을 겁니다."

민우 일행은 적당한 거리에 차를 세운 뒤 수많은 관광객들 틈에 섞여 전등 쇼가 벌어지는 곳으로 갔다. 그리곤 에밀리와 정민의 환성과 할머니의 감탄을 들으며 이백만 개의 전등이 갖가지 모양을 연출하는 그 장관을 구경했다.

"어떻게 이런 걸 다 만든단 말이냐……."

할머니는 너무나 신기한 모양이었다.

구경을 마치고 민우는 한식당으로 차를 몰았다. 차가 한식당 앞에 도착하자 할머니는 또 한번 놀라워하며 말한다. 온통 영어로 둘러싸인 가운데 김치찌개며 된장찌개라는 한글 글씨가 선명히 드러나는 간판을 본 것이다.

"세상에…… 여기에도 한국사람들이 많이 있는가 보구나……."

할머니는 간판을 가리키며 말한다. 민우가 말을 받는다.

"그럼요, 한국사람을 상대로 하는 장사가 많이 있습니다. 우리 한국사람들 정말 없는 곳이 없지요?"

"그러게 말이우. 이렇게 넓은 세상 어디에나 한국이 있는 것 같아 왠지 안심도 되네……."

일상생활의 의미

LA로 돌아오는 길이다.

"라스베가스에 왔다가 게임도 제대로 안 해 보고 돌아가는 것은 또 처음이네요."

민우가 옆에 앉은 소영에게 말한다. 소영은 미소 지으며 고개를 끄덕인다.

"그래서 섭섭하세요?"

민우는 고개를 젓는다.

"천만에요. 그 어떤 때보다도 즐거웠습니다. 아이들이 즐거워 하는 것을 보니 정말 잘 왔다 싶어요. 할머니도 잘 모시고 왔어요…… 그리고 30분 정도는 슬롯머신을 즐겼잖아요."

"정말 감사합니다. 나도 같은 마음이에요."

민우는 가볍게 한숨을 쉬며 말을 받는다.

"그 감사하다는 말이…… 내게는 너무 사무적으로 들리는 걸요. 그리고 굳이 감사한 마음을 말하자면 내가 더 클 겁니다. 정민이를 데리고 이곳에 온다는 것을 나는 생각조차 하지 않았어요. 언젠가 정민이도 갈 기회가 있겠지 그런 막연한 생각뿐이었어요. 애들만을 위한 공간이 얼마든지 있다는 것을 몰랐었어요. 소영 씨 가족들과 함께 오고 싶다는 마음이 들었을 때 그때 비로소 알아볼 마음이 생기던 걸요. 애들을 위한 시설들이 있는지 말입니다. 내가 무심한 아빠지요?"

소영이 말을 받는다.

"저도 이곳에 어린이들을 위한 공간이 있을 줄은 몰랐었는데요 뭐. 그저 어른들이 게임이나 하고 쇼나 보는 곳 정도로 생각을 했었지요. 아마도 도박의 도시라는 식으로 라스베가스에 대한 이미지가 강하게 심어져 있었기 때문인 것 같아요."

"그래요…… 아무튼 이번 여행은 또 새로운 경험이었어요. 정말 미국이라는 나라를 언제나 온전히 알게 될지…… 알면 알수록 대단하다는 생각이 들어요."

하루종일 게임과 놀이기구를 즐기며 신이 났던 아이들은 깊이 잠이 들었다. 할머니도 눈을 감고 아무 말이 없었다. 민우와 소영은 둘 만의 대화를 나누며 LA로 돌아왔다. 한인타운의 식당에서 저녁을 먹고 소영네를 내려준 뒤 민우는 아파트로 돌아왔다.

"아빠, 정말 재미있었어요. 나중에 또 가고 싶어요."

정민이 말한다.

"그럼, 앞으로 얼마든지 기회가 있겠지. 그런데…… 에밀리는 어떻니? 많이 친해졌니?"

"네 아빠, 대화가 통하는 애예요."

민우는 허허허 웃는다.

"뭐라구? 대화가 통한다구? 그래, 아무튼 잘 되었구나. 앞으로 친하게 지내라. 어려운 숙제도 좀 가르쳐 주고……."

"벌써 그렇게 하기로 약속을 했다구요. 할머니도 언제든지 오라고 그러셨어요. 자주 와서 저녁도 먹으라고 그러셨어요."

두런두런 이야기를 나누던 정민은 어느새 잠이 들었다. 다소 피곤이 느껴졌지만 민우는 쉽게 잠을 이룰 수가 없었다. 이 기분을 어떻게 표현해야 할까…… 내 마음의 동산에…… 따듯한 봄날의 아지랑이가 피어오르는 것 같다. 그 나른하고 안락한 풍경 위로 노란 나비들이 날개를 팔랑이며 날아다닌다. 나비를 쫓으며 웃는 에밀리와 정민의 모습이 보이고 그리고 소영은 풀밭에 앉아 조용한 미소를 짓는다…… 민우는 잠이 든다.

다시 일상으로 돌아왔다. 다시…… 하지만 민우에게 있어서 그 일상은 예전의 일상이 아니었다. 바로 며칠 전까지 같은 모습으로 전개되던 그런 일상이 아니었다. 정민은 자주 소영의 집으로 가서 에밀리와 함께 공부를 했다. 따라서 민우 역시 밤일을 마치면 정민을 데리러 가기 위해 소영의 집에 자주 들렀다. 그리곤 소영의 식구들과 차를 마시고 TV를 보곤 했다. 그것은 할머니의 배려였다. 할머니는 정민과 민우를 자주 불렀다. 하다못해 반찬을 한 가지 새로 해도 두 사람을 불렀다. 민우와 소영이 함께하는 시간도 많아졌다. 회사에서 퇴근하는 소영을 집으로 데려다 주면서, 민우는 소영과 저녁 시간을 함께 보내고 싶어 무언가 핑계를 자꾸 찾는다. 오늘도 그랬다.

"저, 소영 씨, 우리 저녁식사 후 마로니에로 갑시다. 의논을 할 일이 있어요."

소영이 눈을 크게 뜨며 묻는다.

"무슨…… 중요한 일이 생겼나요?"

민우는 소영을 바라본다.

"중요하다면 중요한 일이죠. 두 가족이 함께 보낼 주말에 대한 일이니까요."

소영은 어이없다는 표정으로 고개를 젓는다. 하지만 민우는 그 표정 뒤의 미소를 또한 놓치지 않는다.

아홉 시가 조금 지나 민우는 소영과 함께 마로니에 카페로 왔다. 그리곤 늘 앉는 그 자리에 마주 앉는다. 민우는 웨이터에게 맥주를 한 병 주문한다.

"오늘은 한 병만 마시는 겁니다. 내가 두 잔 그리고 소영 씨가 한잔……."

소영이 미소 짓는다. 민우는 생각한다. 아마도 나는 저 미소 때문에 더욱 소영에게 집중을 하게 되는 것 같아…… 웨이터가 맥주를 가지고 오는 동안 민우는 말을 아낀다. 마침 카페 안에는 오래된 팝송이 잔잔히 흐르고 있다. 당신이 슬플 때 당신의 두 눈에 눈물이 흐를 때 나는 그 눈물을 닦아주겠어. 험한 세상을 건너는 다리가 되어주겠어…… 'BRIDGE OVER TROUBLED WATER' 사이먼과 가펑클이 부른 팝송이다. 민우는 소영을 바라본다.

"오래 전 일이지만 팝송 가사를 앞에 놓고 영어 단어 공부를 하던 시절이 있었어요. 요즘 한국의 학생들은 그 말에 실감을 못 느낄 거예요……."

소영이 말을 받는다.

"라디오의 심야 프로그램을 들으며 공부하는 걸 부모님들은 늘 못마땅하게 생각하셨구요……."

웨이터가 맥주를 날아왔다. 민우는 먼저 소영에게 따라주고 자신의 잔에도 맥주를 채운다. 민우가 말한다.

"정민이가 그러더군요. 에밀리와 대화가 통한다나요?"

소영은 고개를 저으며 웃는다. 민우는 자신의 잔을 들어 앞으로 내민다. 두 사람의 잔이 가볍게 부딪친다. 민우가 다시 말한다.

"우리도…… 대화가 될 것 같아요. 다시 한번 그걸 느꼈습니다."

삼십 분의 프러포즈

할머니가 한국으로 돌아갈 날이 가까워졌다. 에밀리의 방학이 끝이 나자 할머니는 당신의 할 일도 끝이 났다며 귀국을 서둘렀다. 할머니는 민우에게 말했다.

"오후 늦게까지 아파트만 지키고 있자니 답답해서도 못 있겠어. 한국에 나가면 아직 내가 할 일이 많다우. 내 손이 필요한 집이 세 집이나 있어요. 손주들도 여섯이나 있거든……."

소영에게는 한 사람의 언니와 두 사람의 남동생이 있다고 했다. 그들은 모두 서울에서 살고 있고 결혼을 해 두 명씩 애들을 두었다. 그런데 할머니는 당신을 모시려는 아들들의 요청을 물리치고 혼자 아파트에서 살고 있다고 한다.

"아직 얼마든지 활동을 할 수 있는데 뭐 하러 젊은애들 귀찮게 얹혀살아요. 나는 그냥 혼자서 살 거야. 애들이 같은 서울에 살고 있으니 보고 싶으면 언제든지 볼 수 있잖아…… 에밀리와 어미가 늘 마음에 걸리긴 하지만……."

민우는 민우 대로 왠지 마음이 바빠졌다. 할머니가 계심으로 해서 소영과의 앞날에 어떤 기대를 키우고 있었는데 막상 할머니가 떠나시고 나면 어렵게 일이 전개될지도 모른다는 생각이 자꾸만 드는 것이었다. 할머니가 민우에게 호감 이상의 어떤 기대를 가지고 있다는 것을 민우는 느끼고 있다. 며칠 전에도 그랬다. 낮에 마켓을 보고 돌아오던 중에 할머니는 민우에게 물었다.

"그래, 정민이 아빠는 언제까지 운전을 할 생각이우?"

"글쎄요…… 무언가 조그만 장사라도 시작을 하고 싶은데 아직은 제 처지가 그렇군요."

"처지라니? 무슨 문제일까? 돈 문제?"

"장사 규모가 문제지 돈 문제가 큰 것은 아닙니다. 한국에서 조금 가지고 왔고 그동안도 조금은 벌었거든요…… 하지만 아직 제가 가정적으로 안정이 안 되었으니 시작이 어렵군요……."

"그렇군……."

할머니는 고개를 끄덕이며 말을 잇는다.

"그래, 무엇보다도 가정이 안정이 되어야 하는 법이지……."

할머니는 무언가 말을 계속하려다 멈추었다.

소영의 퇴근길이다. 민우는 소영과 함께 한 쇼핑센터에 들르기로 했다. 민우는 자신과 정민이 그동안 적지 않게 저녁식사 신세를 진 것에 대한 보답으로 할머니에게 선물을 드릴 계획이었다. 소영 역시 한국의 가족들에게 보낼 선물을 준비할 참이었다. 먼저 들른 여성의류 가게에서였다.

"……자, 소영 씨, 좋은 옷을 골라야 합니다. 그래도 미국에서 산 것이니 다르다는 말을 들어야 하지 않겠어요? 할머니에게 가장 어울리는 것으로 골라 보세요. 먼저 말하지만, 가격표는 보지 않기입니다."

소영이 미소 지으며 고개를 끄덕인다. 이 옷 저 옷을 펼쳐보며 옷을 고르는 소영의 옆에 서서 민우는 왠지 가슴이 뿌듯해진다. 그래, 누구라도 지금의 우리를 보면 한 쌍의 부부로 생각할 거야. 그렇고 말고…… 매장의 여기저기에서 옷을 고르는 사람들이 다정한 자신들의 모습을 부러운 듯 바라보고 있는 것만 같다. 착각은 '김정일'의 밑에서도 자유라더니…… 민우는 자신의 턱없는 감정의 고양이 멋쩍긴 하다. 그리고 다시 찾은 카페 마로니에……

"민우 씨를 만나면서 술만 늘은 것 같아요. 전에는 어쩌다 회식 때에나 한잔 마시곤 했는데……"

민우와 맥주잔을 가볍게 부딪치며 소영이 말한다.

"그래요? 내가 술꾼처럼 보입니까?"

민우가 쓰게 웃으며 말을 받는다. 소영이 고개를 젓는다.

"민우 씨는 뭐랄까…… 술을 친구처럼 즐기는 것 같아요. 자연스럽고 보기가 좋아요……"

민우가 다시 말을 받는다.

"소영 씨도 자질이 충분해요. 내가 보기엔 벌써 맥주맛을 아는 것 같은데?"

소영이 웃으며 말을 받는다.

"두 잔까지는 이제 저도 맛을 알 것 같아요. 하지만 그 이상은
모르겠어요."

민우는 다시 잔을 앞으로 내민다.

"아무튼 축하합니다. 내가 전에도 말했죠. 우리는 여러 가지로
통할 것 같다고……."

오늘도 흘러간 팝송이 두 사람의 배경으로 펼쳐진다. 당신의 얼
굴을 처음 본 순간, 나는 당신의 눈에 태양이 떠오르는 것을 느꼈
어…….

'THE FIRST TIME EVER I SAW YOUR FACE' 라는 제목의 노래
이다. 하지만 저 가수의 이름이 무엇이었더라? 흑인 여가수인
데…… 민우는 잠시 생각을 해 본다.

내일이면 할머니가 한국으로 돌아가신다.

민우와 소영이 공항에서 할머니를 배웅하기로 했다. 에밀리의
가족과 저녁식사를 함께하고 돌아왔다. 정민은 잠이 들었다. 하지
만 민우는 좀체 잠을 이룰 수가 없다. 할머니가 계실 때 허락을 받
았어야 하는데…… 여지껏 망설이기만 하다가 기회를 놓치고 말
았다는 자책으로 마음이 심란하기만 하다. 그때, 다시 마음을 치
고 일어나는 한 가지 결심. 그래! 내일, 할머니를 모셔다 드리고
오면서 소영에게 청혼을 하는 거야. 더 이상 주춤거릴 이유가 없
어. 내일은 말을 하는 거야. 만약에…… 만약에…… 거절을 당한

다면…… 그래도 할 수 없어. 지금으로선 더 이상 내가 할 수 있는 일은 없어. 그래, 바로 내일이야…….

오전 9시, 민우는 소영의 아파트 앞에 차를 세운다. 소영과 할머니가 가방을 앞에 놓고 현관에서 차를 기다리고 있다.

"가방을 보니 정말 가시는 것 같습니다. 정말 섭섭해서 어떻게 하지요?"

민우는 할머니의 가방을 트렁크에 싣는다. 소영과 할머니가 뒷자석에 오른다. 공항까지 가는 동안 세 사람은 별로 말이 없다. 민우는 민우 대로 마음에 긴장을 하고 있기에 대화도 다소 무거울 수밖에 없었다.

"할머니가 가신다고 정민이가 오늘 아침엔 무척 시무룩해 있던 걸요."

"그랬수? 나도 정민이가 손주같이 생각이 되어서 헤어지기가 섭섭한 걸……."

사실은 제가 더 섭섭한 것을요…… 민우는 할머니에게 이 말을 하고 싶었다. 이윽고 공항에 도착해 수속도 모두 마쳤다.

"할머니 다음 방학 때도 꼭 오세요. 제가 준비했다가 좋은 구경을 많이 시켜드리겠습니다."

고개를 숙여 인사하는 민우의 손을 한참 동안 꼭 잡고 할머니는 말한다.

"우리 애들하고…… 잘 지내길 바래요……."

그리고…… 돌아오는 길…… 옆에 앉은 소영을 바라보며 민우가 말한다.

"많이 섭섭하지요?"

소영이 미소 짓는다.

"일 년에 한번쯤은 오시는 걸요 뭐."

민우는 프리웨이를 버리고 로컬도로를 이용하기로 한다. 조금이라도 시간을 더 가지고 싶다. 하지만 오늘 따라 도로도 파란 등만 계속 켜지는구나…… 민우는 마음이 급해진다. 자, 크게 숨을 한번 쉬는 거야. 그리고 소영에게 말을 해야지.

"사실은…… 어머니가 계실 때 소영 씨에게 꼭 하고 싶은 말이 있었어요. 그런데 하루하루 미루다가 하질 못했어요. 왠지 자신이 없었거든요…… 그래서 오늘은 소영 씨에게 말을 하겠다고 결심을 했습니다."

민우는 자신의 옆얼굴에 잠시 와 닿는 소영의 눈길을 느낀다. 민우는 앞을 향해 눈길을 두고서 말을 계속한다.

"언제부터인가 소영 씨가 내 삶에 윤기를 줍니다. 삶의 목적은 행복에 있다고 누군가 말을 했지요. 오랫동안, 그 말이, 나와는 거리가 먼 것이라는 생각을 했었어요. 그런데 소영 씨를 알고 나서부터…… 나는 행복이라는 말을 자주 떠올립니다. 나는 소영 씨

옆에 있기를 소원합니다…… 소영 씨도 이젠 지난날의 고통에서 벗어날 때가 되었어요…… 그리고 옛날의 행복은 온전히 행복으로 간직하고 새 출발을 해야지요. 나와 함께 갑시다. 언젠가는 다시 운전도 하게 될 겁니다. 아니, 영원히 운전을 못해도 좋아요. 내가 하면 되니까요…… 내 삶의 의미는, 행복은, 바로 소영 씨에게 있어요……."

민우는 말을 마친다. 한동안 침묵이 흐른다. 민우는 소영을 바라본다. 문득, 고개를 숙이고 앉아 있는 소영의 어깨가 가볍게 떨리고 있음을 감지한다. 민우의 오른손이 눈 먼 듯 천천히 다가가 소영의 손을 찾는다. 두 사람은 서로의 손을 꼭 잡는다.

화려한 감옥

"어디로 모실까요?"

"라스베가스로 가세요."

희숙은 거침없이 주문한다.

"……."

경호는 말없이 정면을 바라본다.

경호에게서 반응이 없으니 희숙은 선글라스를 벗으며

고개를 돌려 경호를 바라본다.

경호는 아예 운전석 창 방향으로 얼굴을 돌려 버린다.

신호등 앞에서

"6호차, 지명 콜(CALL)입니다. 733(번지)호발트(Hobart Avenue)로 가세요."

경호는 식탁 위에 숟가락을 내려놓고 무전기를 집어든다.

"6호차, 카피?"

이 양반 급하긴…… 입 안에 밥을 잔뜩 넣고 대답을 할 수는 없잖아.

"6호차, 카피, 바로 출발합니다."

하지만 경호는 기어이 밥을 몇 숟갈 더 떠먹고 아파트를 나선다. 배가 고프기도 했지만 이 시간에 다른 차들을 젖혀두고 굳이 자신을 지명한 사람이라면 다소 늦어도 양해가 될 것이라는 생각에서였다.

경호의 차는 녹색 불을 기다리며 신호등 앞에 서 있다. 경호는 생각한다. 방금 전까지만 해도 신호등 앞에 서면 그저 급하고 초조한 마음이었는데 그나마 조금 한가로워졌다고 기다림을 인식하는구나. 그렇다면…… 이 짧은 기다림은 내게 어떤 의미일까. 경호는 얼른 고개를 젓는다. 또 의미라니…… 그저 의식도 없이 소모되는 순간일 뿐이야. 운전에 바쳐지는 전체가 내겐 철저히 소모의 시간인 셈이야. 그래, 제발…… 의미 스톱, 그저 출발과 목적

지점 사이의 거리에 대한 계산으로만 나의 시간들은 존재할 뿐인
걸. 운전만을 생각하라고…… 이런 말도 있잖아, 무의미의 의
미…….

이 도시는 우중충한 것이 도무지 정감이라곤 느낄 수가 없구나.
그런데 사람들은 다들 어디로 갔냐? 걸어 다니는 사람들이 없으니
더 삭막한 것 같다.

경호는 한국에서 놀러 온 친구가 코리아타운을 돌아보며 '겨우
이 모양이냐……' 하면서 실망을 담아 이야기하던 말을 떠올린
다. 야, 건물들이 겉치장은 안 했어도 안에 들어가면 튼튼하고 안
락하단 말이다. 그리고 미국에서야 차가 바로 신발 아니냐. 그러
니 거리를 걷는 사람들이 거의 없지 뭐. 경호는 친구에게 공연히
방어하는 마음이 되어 열을 올리던 것이 생각나 쓴웃음을 짓는다.
경호는 혼자 중얼거린다. 하지만 이 친구야, 폐허의 도시 같다는
말은 너무 과장된 표현이었어.

경호의 아침은 6시 30분부터 시작된다. 학교에 등교하는 학생
들을 태워주고 나면 다운타운으로 출근하는 도매상인들이 주로
차를 부른다. 이어서 한인타운 인근으로 흩어지는 소매상인들이
승객이 된다.

그래서 경호의 아침식사 시간은 늘 10시가 넘기 마련이었다. 하
지만 손님을 태우러 이동하는 중간 중간에 마켓의 김밥으로 아침

을 때우지 않고 식탁에서 아침식사를 하게 된 것도 얼마 전에 단골손님 희숙을 4호차 최에게 넘겨주었기에 가능했다. 한번에 25불 받는 알짜배기 손님인 희숙을 포기하자 동료들은 경호에게 빙글거렸다. 그 여자하고 왜 틀어졌어? 그렇지 않아도 밤늦게 자주 불러 수상했었는데 아무래도 즐겁게 못해 준 모양이야? 그래요, 나는 감당을 할 수가 없었어요. 그리고 여성 손님을 위한 '기쁨조' 노릇은 4호가 제일 아닙니까. 굳이 최를 선택해 단골을 넘겨준 미안함을 경호는 그렇게 얼버무렸다.

오전 10시, 출근길에 나서는 희숙은 우리말로는 '지압사' 라고 불리는 속칭 '마사지 팔러' 이다. 이곳 운전사들 동네에서는 흔히 마사지 팔러 두 사람만 단골로 잡으면 다른 손님을 태우지 않아도 충분한 벌이가 된다는 말이 돌아다닌다. 따라서 그녀들을 잡으려는 운전사들의 행동이 웃지 못할 촌극 같은 화제를 만들곤 한다. 운전사들은 언제라도 그녀들의 자질구레한 심부름을 거절하지 않는다. 거절은커녕 후한 팁을 받는 것에 재미가 붙어 식당의 해장국을 사다준다거나 화장품 가게에 들러 주문한 물건을 대신 받아다 주는 일, 마켓에서 두통약을 사다주는 따위의 일들을 경쟁적으로 대신해 준다.

"저 친구는 그 애들 생리대도 사다 바친대요. 정말이지 그런 걸 시키는 년이나 그런 심부름을 해 주는 놈이나 하나도 다를 것이 없어. 같은 운전사 노릇을 한다는 게 창피해 죽겠어……."

운전사 동네 사람들은 혀를 차며 이런 이야기도 하곤 한다.

그 외에도 퇴근길에 스트레스를 푼다며 술을 마시는 그녀들 앞에서 안주를 먹으며 말동무가 되어주는 일, 시간당 얼마씩의 대기료를 받으며 노래방에 같이 가주는 일들도 흔히 있는 일 중의 하나이다. '운전사들은 마사지 팔러의 밥'이라는 말들이 심심치 않게 들리는 것도 이 때문이다.

하지만 경호가 희숙을 포기한 것은 그런 일을 하고 싶지 않아서였다. 그랬다. 음식이며 약을 사다주는 일들은 다소의 연민마저 느끼면서 해줄 수 있었지만 술자리며 노래방의 동무가 되어주는 일만은 정말이지 하고 싶지 않았다. 그 시간을 계산해 대기료를 받는 것으로 자존심을 대신하는 얄팍한 계산법도 경호에게는 결코 자위가 될 수 없었다.

"왜 그래? 꿩 먹고 알 먹고 그야말로 누이 좋고 매부 좋은 일인데……."

최는 이해할 수 없다는 듯이 고개를 갸웃거리며 경호를 쳐다보곤 했다.

라스베가스는 선불로

경호는 아파트 입구에 차를 세운다. 기다렸다는 듯이 현관 유리 문이 열리며 작은 여행 가방을 든 여자가 다가온다. 짙은 색의 선글라스를 썼지만 금방 희숙임을 알 수 있었다. 그런데 어떻게 이 아파트에서…… 오늘은 출근을 안 한 모양이구나. 그건 그렇고, 웬 여행 가방이지? 경호는 다소의 놀라움으로 다가오는 희숙을 바라본다. 경호가 잠시 망설이는 사이 희숙은 자기가 차의 뒷문을 열어 가방을 내려놓곤 다시 앞문을 열어 운전석 옆자리에 앉는다. 그래…… 어떻게 인사를 시작하나…… 경호는 여전히 말을 못하고 있다.

"왜 이렇게 늦었어요? 나는 기다리는 거 싫어한다고 말했잖아요?"

정면을 향해 꼿꼿이 앉은 채 희숙이 차갑게 말한다. 그 말에 경호는 오히려 마음이 가벼워진다.

"희숙 씬지 정말 몰랐습니다. 그런데 어떻게 여기서……."

"아니, 출발 안 하실 거예요?"

경호는 가볍게 한숨을 삼킨다. 그래, 이 아가씨야. 턱없이 도도한 건 여전하구나…… 경호가 묻는다.

"어디로 모실까요?"

"라스베가스로 가세요."

희숙은 거침없이 주문한다.

"……."

경호는 말없이 정면을 바라본다. 경호에게서 반응이 없으니 희숙은 선글라스를 벗으며 고개를 돌려 경호를 바라본다. 경호는 아예 운전석 창 방향으로 얼굴을 돌려 버린다.

"미리 예약을 했어야지요."

경호는 차갑게 말한다.

"나도 오늘 새벽에 결정했어요."

희숙이 말을 받는다. 차는 아직도 출발을 안 하고 있다. 경호는 가볍게 한숨을 쉰 뒤 무전기를 집어든다.

"지금 떠날 수 있는 차를 수배해 드리죠."

희숙이 급히 말을 받는다.

"무슨 말이에요? 어떻게……."

경호는 비로소 희숙을 바라보며 무전기를 내려놓는다.

"어떻게 모르는 사람의 차를 타고 거기까지 가요?"

희숙의 말에 경호는 잠시 사이를 두었다가 대답한다.

"그러면 4호차, 최 씨를 불러 볼까요?"

희숙은 소리를 높인다.

"그만두세요!"

그리곤 얼른 말을 잇는다.

"차는 얼마든지 있어요! 내가 부르면 돼요. 자기가 못가면 그만이지 무슨……."

희숙은 무언가 뒷말을 삼켜 버린다. 두 사람은 정면을 바라보며 한동안 말이 없다. 이윽고 경호가 무전기를 집어든다.

"6호차입니다. 방금 모신 호발트 손님, 라스베가스에 가신답니다."

"카피, 하지만 예약이 없었는데…… 언제 돌아옵니까?"

경호는 고개를 돌려 희숙을 바라본다.

"모레요."

희숙이 대답한다.

"내일 모레 돌아옵니다."

"카피, 지금부터 6호를 부르는 지명 콜은 4호차에게 돌립니다. 특별한 사항 있습니까?"

"없습니다. 4호차에겐 저도 따로 연락하겠습니다."

"오케이, 조심하세요. 지금부터 무전기를 꺼도 좋습니다."

예정에도 없는 운전 여행이 자주 있다 보니 회사에서는 나름대로 항상 대비책을 마련해 두고 있다. 민은 무전기를 내려놓고 옆의 핸드폰을 집어든다. 그리곤 최의 번호를 누르다가 멈춘다. 그래, 아파트에 가서 연락을 하자…… 경호는 차를 출발시키며 말한다.

"저도 잠시 아파트에 들러야겠습니다. 세면도구라도 챙겨가야지요. 연락할 곳도 있고……."

희숙은 그새 다시 선글라스를 썼다. 좌석 등받이의 머리 받침대에 머리를 댄 채 꼿꼿한 자세로 앉아 있다.

"그냥 가세요. 내가 다 사주면 되잖아요. 그리고, 연락은, 방금 핸드폰으로 하려 했잖아요."

경호는 대꾸도 없이 자신의 아파트 방향으로 차를 돌린다. 희숙은 따지기라도 하려는 듯 경호를 바라본다.

"지금 아파트에 여자친구가 머물고 있어요. 인사는 하고 가야죠…… 그리고 나는 새 칫솔을 별로 좋아하지 않아요."

갑자기 턱없는 거짓말이며 칫솔은 왜 튀어나왔는지 스스로도 어이없어 경호는 속으로 웃는다. 하지만 50프로만 거짓말이야. 칫솔은 정말이라고…… 희숙은 소리를 내어 '훗' 웃으며 말한다.

"그런 식으로 미리 선을 긋지 않아도 돼요. 내가 또 어떻게 해달라고 그럴까 봐 겁을 내는 모양인데……."

희숙은 금세 웃음을 거두며 인상을 쓴다.

"아니, 정말 남자가 왜 그래요? 어쩌다 술을 먹고 실수한 걸 가지고. 남자들은 술만 먹으면 일부러도 그러면서……."

경호는 얼른 말의 방향을 돌려 버리고 싶다.

"라스베가스는 선불입니다. 잘 아시죠?"

라스베가스 선불은 코리아타운 운전사들 간의 일종의 불문율에 속한다. 택시를 이용해 라스베가스로 가는 사람들은 대부분 돌아올 때는 빈털터리가 되기 마련이어서 후불로 했다가는 돈을 못 받는 것은 물론 단골 거래마저 끊기는 경우도 자주 있기 때문이다. 하지만 정말 이상한 일이다…… 경호는 생각한다. 네 앞에서는 돈을 달라는 이야기가 술술 잘도 나오는 것이 말이다. 하긴 네가 나에게 과시할 것이 돈밖에 더 있겠니. 그러니 과시나 해 보시라고 나의 타고난 친절이 자연스럽게 네게 기회를 만들어 주는 것인지도 모르겠다.

"내가 언제 한번이라도 차비 떼어먹은 적 있어요? 그렇게도 못 믿겠어요?"

희숙은 뒤로 손을 뻗어 가방에서 지갑을 꺼내든다.

"돈 계산이 확실하니까 몇 달이나 운전을 해 드렸죠."

경호는 문득 자조적인 기분이 되어 말을 받는다. 그래, 너를 상대한 것은 돈 계산이 확실했기 때문이야. 차비에 팁에…… 그 외에 뭐가 있을 수 있겠니…… 나는 너 같은 부류의 인간들이 싫어. 그래서 너를 실어 나르며 돈을 버는 내 자신도 싫었어. 왠지 함께 비참해지는 것 같아서 싫었어. 경호가 다시 말한다.

"오늘은 이미 반나절이 지났으니 100불을 받겠습니다. 내일과 모레 이틀은 150불씩 되겠구요…… 아시겠지만 숙식비와 개스비는 따로 부담해 주셔야 됩니다."

희숙은 지갑을 뒤져 100불 지폐를 몇 장 꺼낸다.

"자, 500불이면 되겠어요?"

경호는 그 돈 중 100불을 빼어 희숙에게 도로 내민다.

"400불이면 됩니다."

희숙은 좌석 깊숙이 앉으며 말한다.

"그건 팁이에요. 팁도 미리 받으면 되잖아요."

경호는 가볍게 한숨을 쉬며 돈을 주머니에 넣는다.

"그러면 이걸로 개스 값을 합시다."

"왜 그래요 정말! 그건 팁이라고 하잖아요. 팁이 모자라서 그래요?"

경호는 더 이상의 입씨름이 귀찮아 입을 닫고 만다. 잠시 후 차는 민의 아파트 앞에 멈추어 선다.

"……사연이 그렇게 됐어요…… 막무가내로 라스베가스엘 가자는 겁니다…… 그런데 최형에게는 별말이 없었어요?"

최는 다소 뚱한 반응이다. 하지만 경호는 최를 이해할 수 있을 것 같다. 담당인 자기를 두고 굳이 나를 다시 불렀으니 불쾌하기도 하겠지.

"그랬어요? 어젯밤에도 걔 퇴근길에 '해변 횟집'으로 '스타 노래방'으로 돌아다니다가 2시가 되어서야 집에 들어갔는데…… 그런 말은 전혀 없었는데……."

경호는 후후 웃으며 말을 받는다.

"재미있었겠네, 뭐. 최형 좋아하는 회도 먹고 나훈아 노래도 실컷 부르고."

최는 언제 뚱했었냐는 듯 금세 낄낄거리며 대답을 한다.

"아이고, 정말 걔 술 실력은 대단합디다. 앉은 자리에서 소주 두 병을 마셔요 글쎄. 내가 두 잔을 마시긴 했지만 말이야…… 노래방에서도 연신 맥주를 마셔대더라니까."

최의 말에는 희숙과의 동행에 대한 은근한 자랑이 묻어 있다. 희숙이 자기를 좋아하니까 부른 것 아니겠냐, 그리고 밖에서 대기시키는 것보다야 훨씬 나은 대접을 받은 것 아니냐 하는 과시도 담겨 있었다. 경호는 가볍게 한숨을 쉰다. 정말이지 사람들의 마음은 이렇게도 다른 것이구나…… 경호의 경우라면 동행을 거절하고 밖에서 대기하는 편을 택하거나 일단 돌아온 뒤 전화로 다시 부르게 한다. 그리고 실제로 경호는 희숙이 술집으로 노래방으로 동행을 요구할 때 모욕감마저 느꼈었다.

"아침에 연락이 없기에 지난밤 무리를 해서 출근도 못하나 보다 생각했더니 그게 아니었구먼…… 아니, 그런데 이 여자가 호발트까지는 누구 차를 불렀지?"

최는 문득 그것이 더 걱정스러운 모양이다. 경호는 다시 한번 쓰게 웃는다. 하긴, 그렇고 말고, 희숙이 어떤 단골인데…… 경호는 최에게 몇 건의 예약 손님을 부탁한다. 단골 승객들인 학생 두 명과 침을 맞으러 한의원에 다니는 아주머니, 그리고 여덟 마리 강아지를 키우느라 먹이를 자주 사러 다니는 전직 대학교수라는 아저씨…… 예약 시간과 주소들을 받아 적으며 최가 한숨을 푹 쉰다.

"당신은 이러니 언제 돈을 벌겠어. 영양가도 없는 운행은 될수록 예약을 피해야지. 그래, 고작 4불 받는 학생들을 왜 예약까지 받습니까?"

"이제 2, 3학년인 어린애들이에요. 직접 데리고 다니지 못하는 부모 마음을 생각해 보세요. 이 차, 저 차가 다니는 것보다 한 사람이 계속해 주면 조금이라도 안심이 되겠죠. 차를 기다리는 애들도 그렇고……."

최가 다시 말을 받는다.

"그러면 전용 요금을 따로 받던가…… 아무튼 염려 마세요. 경호 씨를 봐서라도 내가 성의껏 챙길 테니까…… 그리고 잘 다녀오라고요. 생각해 보니 그 여자 다른 차를 타고 가는 것보다는 나도 훨씬 안심이 되네 뭐. 적어도 단골을 빼앗기지는 않을 테니까……."

경호는 간단한 여행준비를 한다. 세면도구와 내의, 편한 옷 한 벌, 영어 교재, 테이프, CD 등을 가방에 넣는다. 그리곤 책상 앞에서 잠시 망설이다가 몇 번째 다시 읽고 있는 마르께스의 소설 '백년 동안의 고독' 도 함께 챙긴다.

클래식을 좋아하는 사람

차는 지금 캘리포니아와 네바다를 가르는 주 경계선을 통과하고 있다. 경호는 카스테레오에서 테이프을 빼어낸다. 여기까지 달려오는 동안 '앵콜 가요 메들리'라는 이름의 테이프와 팝그룹 '비지스'의 테이프를 들었다. 경호는 심수봉의 노래 '사랑밖엔 난 몰라'를 좋아한다. 어느 시인은 심수봉이라는 제목의 시에다 '너의 노래는 마치 잘 익은 밀주 같구나' 하는 예찬을 다 했더라만 경호 역시 심수봉의 노래를 들을 때면 그야말로 청승맞아 오히려 정겨운 묘한 감상에 젖곤 한다. 경호는 이 곡이 함께 들어 있어서 테이프를 샀다. 물론 우리 가요를 찾곤 하는 승객들의 요구에 부응하려는 운전사의 서비스 정신이 더 컸음은 말할 필요도 없겠다…… 그리고 비지스의 노래들, 그 독특한 가성을 들을 때면 경호는 아련한 슬픔의 감정과 함께 어떤 스피드를 느낀다. 더구나 오늘같이 실제로 사막을 달리며 듣는 아련한 슬픔의 스피드임에랴…… 경호는 이 스피드감을 화려함이라고 부른다. 또 하나의 역설, 슬픔의 화려함…….

옆자리의 희숙은 자는지 말이 없다. 선글라스를 끼고 있으니 도무지 알 수가 있어야지…… 흘깃 희숙을 쳐다보며 경호는 조소와 연민의 감정이 동시에 피어나는 것을 느낀다. 라스베가스에 가면 너는 그동안 모은 돈을 '블랙 잭' 에 다 털어 넣고 말겠지. 정말이지 너는 그렇게밖에 살 수 없니? 너무 허망하잖아. 너도 가끔 말했지. 두 해만 착실히 모으면 작은 옷가게 하나쯤은 낼 수 있다고. 그렇게 살면 되잖아. 그야말로 개같이 벌어서 정승같이 살면 되잖아. 아무도 너를 모르는 곳에 가서 깨끗하게 살면 되잖아…….

경호는 카스테레오에 쇼스타코비치의 '교향곡 제5번' 테이프를 건다. 그리곤 소리를 조금 낮춘 뒤 다시 한번 흘깃 희숙을 쳐다본다…… 너는 그렇게 앉아 있으면 돼. 자는 듯이 마는 듯이…… 이건 음악이 아니야. 이건 바로 나의 세월이야. 우울하고 화려했던 내 청춘의 독백이며 아우성이야…… 문득, 작년 어느 여름날 야외 음악당 '헐리웃 볼' 에서 'LA 필하모니' 가 연주하는 이 음악을 듣던 시간이 생각난다. 서늘한 저녁, 바스킷에 각종 음식과 와인, 그리고 유리잔까지 챙겨와 모양을 내며 즐기는 백인들 틈에 끼어 앉아 경호는 이 음악을 들었다. 비닐봉지에 담아온 햄버거를 안주 삼아 소주를 찔끔찔끔 마시며 경호는 이 음악을 들었다. 그리고 그날 밤 경호는 한국에서 함께 음악을 듣던 친구와 통화를 하며 말했다…… 나는 오늘에야 내가 정말로 쇼스타코비치 교향곡 5번을 좋아한다는 사실을 깨달았어. 나는 오래 전부터 사실은 내가 그저 폼으로 그 음악을 좋아한다고 생각했었어. 그런데 그게 아니었어. 나는 정말로 그 음악을 좋아하고 있었던 거야…… 그때 친구는 말했다. 그래, 너 잘났다 임마. 그리고 이어서 축하한다는 말을 했던가…… 민은 그때를 떠올리며 혼자의 감상에 젖는다. 그렇고 말고…… 140킬로의 속도로 사막을 달리며 듣는 쇼스타코비치에 비장함이 없다면 나는 이 음악을 버리고 말거야.

"음악 소리 좀 높여주세요."

경호는 아직 혼자만의 감상에 취해 있다. 아니, 그런데 지금 무슨 소리를 들은 거지.

"나도 요즈음 클래식 음악을 틀어요. 집에서도 가게에서도……."

잠시 후 희숙이 말을 잇는다.

"경호 씨 때문이에요. 늘 FM 105.1 클래식 음악방송을 켜고 다녔잖아요…… 그런데 자주 듣다 보니 좋데요. 마음도 안정되는 것 같고."

경호는 음악소리를 조금 높인다. 그랬구나, 너도 클래식을 좋아하게 되었구나. 그렇다면 정말 보람 있는 일인걸. 나는 클래식 음악을 좋아하는 사람에겐 호감을 느끼지. 누구라도 천박해 보이지 않는 거야. 편견이라고 해도 할 수 없어. 무조건 동료의식이 느껴지는 거야.

미국에서의 첫 해 '에반스'라는 이름의 성인학교에 영어를 배우러 다닐 때 경호는 선생이 나누어 준 인쇄물을 통해 흥미 있는 한 통계를 보았다. 그것은 한 음반회사가 설문 조사한 것으로 미국인들이 선호하는 음악 장르에 대한 데이터였다. 그중 경호가 주목하여 살핀 것은 로큰롤, 팝 컨트리, 리듬앤블루스, 클래식, 재즈 등의 다양한 음악 장르 중 미국인들의 클래식 음악 선호 비율이 겨우 5%에 그친다는 것이었다. 못 믿겠다며 고개를 젓는 경호의 반응에 선생은 즉석에서 우리끼리 조사해 보자는 제안을 했다. 그리곤 15명의 수강생 모두에게 자신이 가지고 있는 음악 CD들을 말해 보라고 했다. 놀랍게도 그 방의 사람들이 가지고 있는 클래식 음악 CD의 비율도 정확히 5%를 나타내고 있었다. 물론 그날의 15명은 이민자이거나 방문자들이니 미국인으로 볼 수도 없었지만 경호로서는 자신이 좋아하는 클래식 음악의 선호도에 대해 처음으로 객관적인 데이터를 본 것이기에 오래도록 기억에 남게 되었다. 따라서 지금 경호가 말하는 동료의식이란 말하자면…… 5%의 적은 무리에 함께 속한다는 반가움을 말하는 것이다. 그리고 그들이 천박해 보이지 않는다는 것도 자신이 수준 높은 문화를 즐기고 있다는 턱없는 은밀한 자긍심의 다른 표현인 셈이다. 물론 그것이 편견에 불과함을 인식하고 있으면서도 말이다. 단지 그런 감정의 장난 때문이야…… 문득 희숙이 친근하게 느껴지는 것에 경호는 고개를 저어 버린다. 하지만 너는 정말 아니야. 그렇고 말고…… 경호의 마음의 경계에 아랑곳없이 희숙이 말을 시작한다.

한국은 정말 웃기는 나라야

"경호 씨는…… 고등학교 선생님이었다면서요? 공부를 많이 한 박사님이라면서요?"

최가 말을 했구나…… 희숙이 말을 계속한다.

"한국은 정말 웃기는 나라야…… 공부만 잘해서는 박사가 될 수 없다면서요? 술도 많이 사고 로비도 잘해야 박사가 된다면서요? 뭐라더라…… 아예 자기 선생의 집안 머슴 노릇을 해야 한다면서요? 그리고 교수하는데 돈도 많이 든다면서요?"

하여간 최, 이 사람은…… 경호는 당혹스럽기만 하다.

"경호 씬…… 선생님도 그만두고 박사공부를 했는데 돈이 없어 교수가 안 되었다면서요? 그래서 미국에 와 버렸다면서요?"

나의 불찰이었어…… 그나마 나를 좀 신뢰해 달라고 나의 경력을 말한 건데 믿음을 주지 못하면 택시 운전도 못하게 될까 봐 밝힌 건데 지금 와서 생각해 보면 좀 더 신중했어야 옳았어. 아니 차라리 거짓을 말하는 편이 나았을지도 몰라. 조그만 장사를 하다가 마음에 안 차서 날아왔다고 그야말로 '기회의 나라' 에서 꿈을 한 번 펼쳐 보려고 날아왔노라고 흰소리라도 하는 건데…….

"정말 한국에는 위선자들 천지예요. 겉으론 안 그런 척하면서 돈에 환장한 사람들이 얼마나 많은지 몰라요. 어딜 가나 편 가르고 인간 차별하고…… 배운 것들은 안 그런 줄 알았더니 경호 씨를 보니 그렇지도 않은가 봐…… 나는 한국이 아주 망해 버렸으면 좋겠어요. 확 전쟁이 나 버리던가…… 나는 IMF 사태라는 것도 정말 고소해. 그렇죠? 경호 씨도 억울하죠?

경호는 깊은 한숨을 쉰다. 그리고 말을 받는다.

"그럽시다. 한국이 망해 버리라고 우리 고사라도 지냅시다."

희숙도 얼른 말을 받는다.

"그래요, 고사 지냅시다. 그런 뜻에서 오늘 저녁 내가 술 한잔 살게요."

경호는 다시 깊은 한숨을 쉬며 카스테레오의 소리를 조금 더 높인다. 무언가 말을 더 하려다 희숙도 입을 닫는다. 경호는 한동안 말없이 차를 몬다.

"내가 실력이 모자랐어요. 운도 따르지 않았고…… 성급히 선생을 그만두는 게 아니었어요. 계획을 잘못 세운 거죠."

경호는 설명이라도 하는 듯 천천히 말한다. 하지만 듣거나 말거나 그야말로 믿거나 말거나 상관없어. 그저 네겐 그렇게 말을 해야 하는 거 아니겠니…… 경호는 또한 금세 자조적인 마음이 된다. 희숙은 선글라스를 벗으며 경호를 바라본다.

"하지만 공부하느라고 결혼도 안 했다면서요……."

그리곤 앞뒤 없이 다시 말을 뱉는다.

"아무튼 한국은 정말 웃기는 나라예요."

육체와 정신

라스베가스에 도착했다. 경호는 희숙이 미리 예약을 했다는 '서커스 호텔' 주차장에 차를 세운다.

"나는 바로 게임을 할 거예요."

경호의 방 카드 열쇠를 건네주며 희숙이 말한다.

"경호 씨도 하고 싶으면 무슨 게임이든지 하세요. 내가 돈을 줄 게요."

경호는 솟아나는 불쾌한 감정을 가벼운 웃음으로 가장한다.

"나는 그냥 쉬겠어요. 저녁식사를 밖에 나가서 하고 싶으면 전화하세요. 이 안에서 하고 싶으면…… 각자 해결합시다."

희숙은 이미 마음이 들떠 있다.

"그래요, 전화할게요…… 그래도 혹시 게임을 하고 싶으면 내 테이블로 오세요."

경호는 대답도 없이 등을 돌려 자신의 방으로 향한다.

방에 들어서자 마자 경호는 문 앞에 신발을 벗어 버린다. 그리곤 곧장 침대로 가 벌렁 드러눕는다. 손을 깍지 끼어 머리를 받친 채 경호는 한동안 천장을 바라본다.

자, 오랜만의 휴식이다. 경호는 중얼거린다…… 이틀 동안 영어 공부를 하고 책이나 읽어야지…… 경호는 눈을 감는다. 나른한 피곤을 느낀다. 그런데…… 이렇게 마음이 바빠지는 것은 정말이지 어쩔 수 없는 병인가…… 하지만 나는 늘 그래, 육체는 한없이 게으른 것만 같고 마음은 한없이 바쁘기만 하고…….

경호는 라스베가스 출장을 즐기는 편이다. 다른 운전사들은 함께 구경도 하고 부수입도 생기는 맛에 그랜드캐니언, 요세미티를 비롯한 각 곳의 관광지를 선호하지만 경호의 경우엔 혼자의 시간을 느긋이 가질 수 있어서 될 수 있으면 라스베가스 행을 택한다. 라스베가스로 오는 사람들은 게임에 매달려 대부분의 시간을 보내기 때문에 운전사의 역할이 거의 없다. 따라서 그야말로 일당을 받아가면서도 부담 없이 책을 읽고 공부를 할 수 있어 좋았다. 라스베가스로 출장을 오면 경호는 게임을 하지 않는다. 운전사 초년 시절에는 더러 게임도 하곤 했는데 돌아가는 길에는 왠지 자신에게 늘 화가 있다. 내 자신이 즐기러 왔다면 몰라도 돈을 벌 겠다고 와선 게임이나 하고 앉아 있었으니 나란 인간은 일하는 것과 즐기는 것도 구별을 못하는구나…… 이런 기분이었다. 인간 사란 또한 그런 것이다. 한번 마음을 먹기가 힘들어서 그렇지 한 번 마음을 먹고 나면 전엔 심각히 집착하던 것에서 벗어나는 것 이 그리 어렵지도 않다. 담배류 같이 이미 습관이 되어 몸이 스스 로 요구하는 그런 것이 아닌 한에는 말이다. 라스베가스까지 와 서도 게임을 끊어 버린다는 것이 경호의 경우 담배 끊기만큼 힘들지는 않았다는 말이다.

경호는 머리에 받친 손이 저려와 눈을 뜨고 일어난다. 잠깐 잠이 들었던 모양이다. 그새 또 꿈을 꾸었다. 분명 잠이 먼저이고 꿈은 나중일 터인데 경호는 마치 꿈이 먼저이고 잠은 나중인 듯한 착각을 느끼곤 한다. 아직은 깨어 있는 의식 속으로 꿈이 먼저 걸어 들어와 잠으로 이끄는 듯한 환상을 자주 느낀다.

문이 열리고 희숙이 들어선다. 손에는 지폐를 잔뜩 쥐고 있다. 희숙은 경호가 누워 있는 침대로 걸어와 경호의 옆에 털썩 주저앉는다. 그리곤 지폐를 방 안에 날려 버린다. 침대 위에 탁자 위에 방바닥에 지폐가 펄럭이며 떨어진다. 아, 돈을 주워야 하는데 나는 왜 이렇게 잠이 오는 걸까…… 어느새 장면이 바뀐다. 경호와 희숙은 벌거숭이가 되어 사막을 달려가고 있다. 희숙이 깔깔거리며 웃는다. 이 바보, 나를 잡아 보라니까. 나는 당신에게 아무것도 원하지 않아. 당신은 그저 나를 이용만 하면 돼. 영주권이든 뭐든 내가 다 해결해 줄 수 있어. 정말이라니까…… 희숙과 경호는 사막에 누워 있다. 희숙은 경호의 품을 파고든다. 자, 나를 안아 봐. 더 힘껏. 더 힘껏…… 경호는 안타깝기만 하다. 너를 안을 수가 없어. 너의 탐스런 젖가슴을 애무할 수가 없어. 아, 나의 단단한 남성은 너를 원하는데, 너의 숲을 헤치고 네 안에 깊숙이 들어가고 싶은데…… 경호는 외친다. 아, 손이야. 손이 아프다니까…….

경호는 양손을 번갈아 주무르며 창가로 간다. 두꺼운 커튼을 젖히자 거리를 가득 메우고 있는 현란한 불빛들이 방 안으로 밀려들어온다. 경호는 한참 동안 창 앞을 떠나지 않는다.

정신이 내용이라면 육체는 형식이라고 할 수 있겠다. 그런데 오랫동안 나는 형식을 가볍게 여겼지. 내용만이 중요한 것이라고, 형식은 그야말로 껍데기는 아무 소용도 없는 것이라고 무시해 버렸지. 내가 고등학교 선생이라는 직업을 택했던 것도 사람들의 정신을 고양시키는 일보다 가치 있는 일이 없다고 믿었기 때문이었어. 하지만…… 나는 심각한 착각을 일으키고 있었다. 내가 실패를 한 것은 따지고 보면 나도 모르게 형식을 탐했기 때문이야. 박사라는 형식, 대학교수라는 형식을 추구했기 때문이야. 그러면서도 나는 내용을 추구한다고 믿고 있었지. 선생 자리를 버리고 공부에만 매달리면서 나는 내용을 살찌우고 있다는 착각을 했던 거야. 이제야 비로소 알 것 같다. 내게 필요한 것은 바로 내용과 형식의 조화였다는 것을…… 방금 꾼 꿈도 그것을 증명하고 있어. 내 육체는 분명 여자를 원하고 있어. 하지만 내 정신은 아니라고 말하지. 지금 나는 오로지 먹고 살기 위해 오로지 육체라는 형식을 위해 운전사 노릇을 하고 있으니 시간이 허락하는 대로 내용을 가꾸어야 한다고 그것이 더 급하다고 나는 자신을 향해 턱없는 주문을 던지고 있는 거야. 그러니 피곤할밖에. 잠자리에 수시로 치르는 몽정의 의미를 찾으랴, 성욕을 잠재우랴, 피곤할밖에…… 그러니 너 불쌍한 인간이여, 이제라도 조화를 생각할 일이다. 형식이 없으면 내용도 없다는 것을 알 일이다. 육체가 없는 정신은 허공을 떠도는 길 잃은 영혼에 불과한 것임을 알 일이다.

경호는 창가를 떠나 다시 침대로 가 벌렁 드러눕는다.

사람들은 말하지. 미국에 와서 살려면 확고한 목표가 있어야 한다고, 그래야 실패를 하지 않는다고…… 하지만 나는…… 한국에서의 삶이 막막해서 그냥 와 봤어. 그러니 나는…… 실패를 하고 있는 걸까…….

너는 그렇게 사는구나

"정말 오늘은 재수가 좋은 날이에요. 두 시간 동안에 오백 불이나 땄어요. 자, 많이 드세요. 술도 마음껏 마시라고요."

호텔 앞의 한식 식당에 두 사람은 마주 앉았다. 희숙은 기분이 한껏 고조되어 있다. 희숙은 경호의 앞에 놓인 유리컵을 들어 맥주를 따라준다.

"나도 밤을 새우려면 든든히 먹어둬야지……."

잔을 들며 경호가 말한다.

"언제까지 하겠다고 미리 시간을 정해놓고 게임을 하지 그래요? 아니면, 따던 잃던 금액을 정해놓던가……."

하지만 그냥 한번 해 본 말이야. 이런 말이 그야말로 네겐 씨알도 안 먹일 거라는 걸 나는 잘 알아…… 경호는 희숙이 따라준 맥주를 마신다. 그리곤 망설인다. 나도 한잔쯤 따라주어야 하지 않을까. 하지만 걱정도 팔자다. 희숙은 자기 앞의 잔을 들어 경호의 앞으로 불쑥 내민다.

"자, 내게도 한잔 따라주세요."

경호는 쓰게 웃으며 희숙의 잔에 맥주를 따라준다. 희숙이 묻는다.

"왜 웃어요?"

"축하한다고요…… 그리고 계속 잘해 보라고요."

경호는 얼버무린다.

경호는 가벼운 한기를 느끼며 깨어난다. 침대 위에서 그냥 잠이 들었었다. 경호는 담요 속으로 기어 들어가며 시계를 본다. 새벽 3시가 지나고 있다. 열한 시에 돌아왔으니 네 시간을 잤구나. 그런데도 무척 오랫동안 잔 기분인 걸…… 하지만 샤워도 하지 않고 잤다는 것에 생각이 미치고 나니 갑자기 등이 다 가려운 것 같다.

샤워나 한번 하고 다시 잘까…… 경호는 자리에서 일어난다. 그런데 얘는 아직도 한참이겠지…… 문득 희숙에게 가 보고 싶다.

블랙 잭 테이블과 슬롯머신이 있는 방의 사이에는 유리벽이 있다. 경호는 방금 5달러를 삼켜 버린 슬롯머신에 기대어 팔짱을 끼고 유리벽 너머 희숙의 모습을 바라본다. 희숙은 두 명의 백인 사내와 흑인 여자, 그리고 중동 남자와 팀을 이루어 게임을 하고 있다. 어깨에 닿을 듯 말듯 곧고 검은 머리칼이 하얀 얼굴을 반쯤 가리고 있다. 가냘픈 어깨선을 감싸고 있는 흰색 블라우스가 돋보인다. 희숙의 어깨에서 등과 가슴으로 이어지는 브래지어 끈의 형태가 경호의 눈에 오래 들어온다.

방금 '딜러' 를 이긴 모양이다. 희숙은 활짝 웃으며 혼자 박수를 친다. 그런 희숙을 바라보며 미소 짓는 옆자리 사내들의 눈길이 왠지 음흉하게 느껴진다. 다시 카드가 돌려지고 이번엔 딜러가 이긴 것 같다. 희숙은 어깨를 들었다 놓듯 한숨을 쉬며 금세 상심한 표정이다. 너는 그렇구나, 순간순간을 그야말로 일희일비하는구나. 너는 그렇게 사는구나…… 희숙을 바라보며 경호는 미소 짓는다. 그런 자기를 또 하나의 자기가 바라보며 속삭인다. 그건 음흉한 미소야…….

"……그래요. 경호 씨 말이 맞았어요."

한숨을 푹 쉬며 희숙이 말한다.

"잃던 따던 한도를 정해놓았어야 했어요."

다시 호텔 앞 한식 식당에서의 저녁식사이다. 희숙은 다소 풀이 죽긴 했지만 눈엔 어떤 오기도 또한 담겨 있다. 경호가 말한다.

"……그러니 그만하라구요. 무리하면서 게임을 할 필요는 없잖아요."

"하지만 큰 무리는 아니에요. 전에도 가끔 썼어요."

희숙은 지금 '크레딧 카드'로 돈을 빌어 쓸 생각이다. 경호가 묻는다.

"그렇게 해서 얼마를 벌고 싶은데요?"

"얼마라니요? 억울하니까 그렇죠……."

경호는 다시 추궁하듯 묻는다.

"여기에 와서 돈을 벌어 갈 수 있다고 생각했어요?"

희숙은 자신 없이 말을 받는다.

"운이 좋으면 벌 수도 있겠죠……."

"하지만 그런 사람이 얼마나 되겠어요? 라스베가스는 그런 곳이에요. 그저 부담없이 즐기면서 혹시 행운이 오는가 기대를 해 보아야지 빚을 내어가면서까지 매달린다면 어리석은 일이지 뭡니까. 도박 중독자들이나 하는 짓이지."

희숙은 갑자가 사나와진다.

"내가 도박 중독자라는 말이에요?"

경호는 희숙을 바라본다. 지금 네 모양이 그렇다는 말이야……

경호는 고개를 저으며 말한다.

"희숙이 이곳에 온 이유는 뭡니까? 한 이틀 쉬면서 그동안의 스트레스를 풀겠다고 했지요? 그런데 오히려 스트레스를 더 지고 갈 것 같아 염려하는 거예요……."

희숙이 탁자 밑으로 눈을 깔며 말한다.

"……고맙네요. 경호 씨가 염려를 다해 주니……."

경호는 왠지 안쓰러운 마음이다.

"자, 나는 준비가 되어 있어요. 지금 돌아가도 괜찮아요…… 그래요, 밤 동안 게임의 유혹을 느낄 것 같으면 지금 돌아갑시다."

희숙은 그대로 말이 없다. 이윽고 고개를 들어 경호를 바라본다.

"나랑…… 술 한잔하는 것도 그렇게 싫어요?"

경호가 대답한다.

"그렇게 말하지 말아요. 어제도 같이 한잔했잖아요…… 나도 어차피 쉬겠다는 마음으로 여기에 왔어요. 희숙 씨가 게임을 그만한다면 하루 더 있다 가는 것이 나도 좋아요. 함께 술을 마셔도 좋고 라스베가스의 야경을 감상하며 거리를 걸어 보는 것도 좋구요."

희숙은 금세 미소 지으며 말한다.

"정말이지요? 그럼 우리 여기서 가볍게 한잔하고 같이 걸어요."

한 여자, 한 남자

경호는 가벼운 두통을 느끼며 잠에서 깨어난다. 왼편에는 등을 잔뜩 움츠린 희숙이 경호의 겨드랑이에 얼굴을 박고 잠들어 있다. 희숙의 왼팔은 경호의 가슴 위에 놓여 있다. 가지 마, 나랑 같이 자…… 희숙의 가냘픈 음성이 아직도 경호의 귀에 남아 있는 것 같다. 경호는 희숙의 팔을 살짝 걷어내고 침대에서 일어난다. 발끝을 들고 화장실로 간다. 그리곤 세면대의 거울 앞에 선다. 지난밤의 술 탓이리라. 가늘게 핏발 선 피곤한 눈이 서로 마주 보고 있다.

경호는 방을 나와 호텔 '카지노'로 내려간다. 새벽 3시 반, 카지노의 열기도 다소 식은 듯하다. 경호는 여자 종업원에게 물을 한 병 얻고 내친 김에 '밀러' 맥주도 두 병 얻는다. 팁으로 5불을 내밀자 여자 종업원은 '탱큐' 하며 활짝 웃는다.

경호는 방문을 열고 들어선다. 어느새 일어났는지 희숙은 베개를 등에 받치고 기대 앉아 있다.

"어, 일어났어요?"

경호는 방 가운데 있는 테이블 위에 맥주를 내려놓는다.

"경호 씨가 간 줄 알았어요……."

희숙이 힘없이 말한다. 경호는 침대로 가 희숙의 옆에 앉으며 물병을 내민다.

"1층 카지노에 가서 얻어왔어요."

희숙은 물병을 받는다.

"나는 경호 씨가 간 줄 알았어요……."

경호는 말없이 희숙을 바라본다. 어느새 희숙의 눈이 젖어 있다. 경호는 손을 내밀어 희숙의 머리를 가볍게 안는다. 희숙은 무너지듯 경호의 가슴에 얼굴을 묻는다. 그렇게 잠시 시간이 멈춘다. 경호는 천천히 희숙의 어깨를 등을 쓸어준다.

희숙이 샤워를 하는 동안 경호는 침대 위에 비스듬히 기대 앉아 맥주를 마신다. 어떤 슬픔의 감정에 자꾸만 목이 마르다. 하지만 이건 무엇인가. 내게 한 여자가 되려고 샤워를 하고 있는 희숙을 기다리며 자꾸만 느껴지는 이 갈증은 무엇인가. 경호는 다시 맥주를 한 모금 마신다. 이 여자는 내 삶에 어떤 의미일까. 그리고 이 의식은…… 내용의 충만함인가, 형식의 가벼움인가…… 샤워를 막 끝낸 희숙이 부끄러운 듯 침대 옆에 조용히 선다. 경호는 손을 내밀어 희숙의 손을 끌어 침대에 앉힌다. 경호는 희숙의 뺨에 가볍게 입을 맞춘다. 그리곤 자기도 샤워를 하기 위해 침대에서 일어난다. 경호는 희숙이 했던 만큼 오래 샤워를 한다. 비누가 다 씻겨진 뒤에도 뜨거운 물과 차가운 물을 번갈아 틀어가며 천천히 샤워를 한다. 경호는 생각한다. 이것이 나의 현실이다. 나는 현실을 그대로 받아들인다. 그래, 그 감촉을 그 마음을 그대로 느끼면 되는 거야. 나는 지금 한 여자의 한 남자가 되려고 하는 거야……

"우리 맥주를 마저 마십시다."

경호는 탁자 위에 남아 있던 맥주를 집어들고 침대로 가 희숙의 옆에 앉는다. 경호는 희숙에게 병을 내민다. 희숙이 쓰게 웃으며 고개를 젓는다. 경호는 한손으로 희숙의 어깨를 감싸안으며 이마에 입을 맞춘다.

"나는 희숙이 주는 맥주를 한 모금 마시고 싶어요."

희숙은 고개를 들어 경호를 바라본다.

"희숙이 입 안에 담아, 내게 전달해 주는 거야."

희숙은 부끄러운 듯 다시 고개를 숙인다. 경호가 다시 말한다.

"자, 그러면 내가 희숙에게 한 모금 줄게요."

경호는 맥주를 한 모금 입 안에 담는다. 그리곤 희숙의 입술을 찾는다. 희숙의 입술이 열리고 경호의 맥주가 흘러 들어간다. 경호는 희숙과의 입술을 통한 부드러운 교감을 한참 동안 음미한다.

"희숙은 정말 아름다워."

경호가 속삭인다. 희숙의 눈가에 눈물이 흐른다.

"울지 말아요."

경호는 희숙의 눈물을 자신의 입술로 닦아준다. 희숙은 손을 내밀어 경호의 목을 끌어안는다.

한 사내와 한 여자의 진정한 만남은 자기 고백으로부터 시작되는 것인가. 진부하지만…… 하나의 '통과의례'를 행하는 마음으로 경호와 희숙은 이야기를 나눈다. 벌거벗은 몸으로 나란히 누워 슬픈 사연을 들은 뒤에는 입술로 눈물을 닦아준다. 그리곤 몇 번이나 서로를 몸 안 깊숙이 받아들이며 위로해 준다. 경호는 손으로 때로는 입으로 희숙의 젖가슴을 애무하며 마치 두 사람이 먼 바닷가의 모래사장에 누워 일없이 밀려왔다 밀려가는 파도 소리를 듣는 것 같은 기분을 느낀다.

버려진 고아, 미국으로의 입양, 양부모의 이혼, 가출…… 몇 개의 단어만으로도 희숙의 고달픈 삶의 행로가 보여지는 듯하다. 하지만 삶의 행로가 보여진다고 해서 그 사람의 내면의 풍경마저 볼 수 있다고 생각하면 정말이지 큰 오해이다. 자신의 운명을 바라보면서 희숙이 일찍이 체득한 '당당한 받아들임'은 희숙을 결코 코드화하고 정형화할 수 없음을 일러준다.

경호는 희숙의 이러한 당당한 받아들임을 통해 한 사람의 자기 선언을 또한 확인한다…….

"이 세상에서 가장 불쌍한 애들은 바로 고아들이예요."

희숙은 말했다.

"애를 원하는 어른들이 오면 고아들은 항상 사열하듯 줄을 짓고 서서 자신이 선택되기를 기대하며 최대한의 예쁜 미소를 만들어 내는 거예요. 우선은 예뻐야 선택되기 마련이죠. 그리고 입양이

결정되기 전 함께 살아 보는 얼마 동안에는 최대한 자신의 귀염성을 증명해 내고 이 귀염성이 예의범절과 조화를 이루도록 연기를 해야 하죠."

희숙은 다섯 살이 되었을 때 이미 이 사실을 깨우쳤단다. 두 번 양녀 후보로 선택되었다가 다시 고아원으로 되돌려지는 경험을 하면서 희숙은 재롱과 예의범절의 완벽한 조화야말로 고아원을 벗어나는 지름길임을 스스로 깨닫게 되었다는 것이다.

"사실 그래요. 재롱과 예의는 서로 상치되는 거예요. 거짓 연기가 아니면 불가능하지요. 그러니 결과적으로 어른들이 애들에게 속는 꼴이 되는 것이죠 뭐……."

희숙은 후후 웃었다.

"그래도 미국인 양부모는 좋은 사람들이었어요. 상품 고르듯 애들을 줄 세우지도 않았어요. 내가 눈치도 못 채는 사이에 나의 행동을 관찰한 뒤 선택해 주었어요. 양부모는 나를 비교적 잘 키워주었어요. 그런데 고등학교 시절, 양부모가 이혼을 하면서 나의 거취를 부담스러워하기에 내가 스스로 나와 버렸죠. 내가 이렇게 막 살아 버린 것을 알면 마음 아파할 거야…… 하지만 나는 아무렇지도 않아요."

희숙은 또한 말했다.

"다섯 살에 나는 이미 삶은 아무도 대신해 줄 수 없는 경쟁이라는 것을 알았어요. 다섯 살부터 나는 살아남기 위해 거짓 연기를 했어요. 그런데 열일곱 살이나 먹었는데 무엇이 두려웠겠어요. 돈만 많이 벌 수 있다면 그래서 보란 듯이 살 수만 있다면 무슨 일이든지 할 수 있다고 생각했어요. 그래서 나는 스스로 이 일을 택했어요. 부자 부모를 둔 애들은 부자 부모 덕에 잘 사는 행운을 누리듯이 고아지만 얼굴이 예뻐서 돈을 잘 번다면 그것도 행운이라는 생각을 했어요. 세상은 공평한 거지요 뭐…… 그동안 돈 많이 벌어 봤고 써 봤어요. 나는 산다는 것에 대해 그리 걱정을 하지 않아요. 살아 있는 날까지 잘 살 수 있어요. 그러면 그만이에요. 삶의 의미, 희망, 목표…… 다 공허한 소리들이에요. 자기의 운명대로 살다 가는 거지 뭐…… 그런데…… 경호 씨를 만나면서부터 왠지 부끄러움을 느끼기 시작했어요. 왠지 힘이 빠지는 거예요. 경호 씨는 분명히 다른 사람이에요. 택시 운전이나 하면서도 돈에 집착하지 않는 것이 이상했어요. 그래서 경호 씨를 미워하기로 했었는데…… 경호 씨가 먼저 나를 최씨에게 넘겨서 너무 화가 나고 속이 상했어요. 지난 한 달 동안 정말 힘들었어요. 경호 씨에 대한 나의 감정은 그랬어요……."

희숙은 깊이 잠이 든 것 같다. 하지만 자면서도 경호의 왼손 새끼손가락 하나를 꼭 움켜쥐고 있다. 경호는 물을 마시고 싶다. 하지만 손가락을 빼어내면 희숙이 잠에서 깨어날 것 같아 그냥 갈증을 참고 있다. 경호는 생각한다. 나는 희숙의 편안한 잠자리를 위해 지금 갈증을 참고 있다. 지금까지 살아오면서 내가 누군가를 위해 갈증을 참아 본 적이 있었던가. 경호는 고개를 젓는다. 언제나 내 자신에 대한 갈증만으로도 나는 삶이 무거웠다. 그렇다면…… 내가 지금 느끼는 또 하나의 갈증으로 인해 나의 삶은 더욱 무거워질까. 하나의 갈증을 다른 하나의 갈증을 통해 해소할 수 있다는 역설은 가능한 것일까…… 다시…… 정신이 내용이라면 육체는 형식이라고 할 수 있겠다. 그리고 지난날 나는 박사와 대학교수라는 것에 매달려 있으면서 내용을 살찌우고 있다는 착각을 했었다. 하지만 지금 내 옆에 잠들어 있는 희숙은 차라리 육체라는 형식을 위해 아니 그 형식의 극단에 서서 대상이 확실한 싸움을 벌이고 있었다. 그 결과 나는 실패를 했지만 희숙은 나름대로 하나의 성취를 한 것은 아닐까. 지금도 산다는 것이 어렵고 무겁기만 한 나에 비해 산다는 것이 그리 어려운 것도 아니라고 운명 대로 살다 갈 것이라고 말하는 희숙의 당당함이 그것을 증명하는 것은 아닐까. 진부하지만…… 지금 나는 또 하나의 통과의례를 생각한다. 내용과 형식의 조화라는 의미에서 어쩌면 희숙과 나는 아름다운 하나를 만들어 나갈 수 있지 않을까…… 경호는 깊이 잠든 희숙의 이마에 가볍게 입을 맞춘다. 경호는 희숙의 귀에 대고 속삭인다.

"이번에는 희숙의 차례야. 네가 입에 물을 담아 내게 전해 줄 차례야. 나는 지금 무척 목이 말라……."

오아시스, 사막의 끝

"네, 코암입니다…… 그렇습니다……

네, 라스베가스로 가신다고요?"

수의 목소리에 활기가 묻어난다. 김의 눈도 함께 빛난다.

"아, 편도라구요? 네, 그러면……

개스비를 포함 250불만 주십쇼……

그럼요, 잘 해드리는 겁니다……

한 시간 후에 출발하신다구요? 알겠습니다……

네, 그리로 보내겠습니다."

3호차 아저씨

　　LA공항에서 돌아오는 길이다. 10번 프리웨이를 내리자 마자 윤은 무전기를 집어든다.

　　"3호, 코리아타운으로 돌아왔습니다."

　　이내 수의 목소리가 흘러나온다.

　　"커피타임입니다. 8가(8th Street)와 카타리나(Catarina Avenue)의 만나제과로 오세요."

　　"네, 곧 가겠습니다. 모두 같이 있습니까?"

　　"2호와 같이 있습니다. 4호와 5호는 운행중입니다."

　　"그러면…… 나도 설렁탕이나 한 그릇 먹고 싶은데요."

　　"일단 오셨다 가세요. 할 이야기도 있습니다."

　　윤은 무전기를 내려놓는다. 그렇지, 만나제과 근처에도 설렁탕집이 있지. 상호가 '엄마집' 이던가…….

　　오늘도 출발이 좋은 편이다. 아침 7시부터 장거리만 연달아 두 번을 뛰었다. 코리아타운의 한 노인아파트에서 오렌지카운티의 아들네 집에 다니러 간다는 할머니에게 50달러, 그리고 방금 공항에 내려준 손님에게 30달러를 받았다. 이렇게 장거리 손님을 자주 받게 된 것은 말하자면 고참 대접을 받게 되었다는 말인데…… 윤은 생각한다. 일 년이라는 세월이 정말 빨리도 지나가 버렸구나…… 길다면 긴 나날들인데 하지만 나는 아직도 이 일을 현실로 받아들이지 못하고 있는 것 같다. 아직도 아침에 깨어나는 순간 오늘을 어떻게 견뎌내나 하는 막막함이 먼저 떠오르고 이어서 아, 운전을 해야지 하며 마음을 다지게 된다. 내 자신이 운전사라는 자각은 늘 뒤에야 온다는 말이다.

윤은 한숨을 쉰다. 정말이지 삶과 인식은 별개의 사건인지도 몰라. 순간순간을 인식하면서 순간순간을 느끼면서 살아야 온전한 삶을 사는 것이라고 말은 잘하지. 거리에 나서면 서늘하게 불어오는 바람이 삶을 느끼게 한다고 밤하늘에 떠 있는 저 보름달이 내게 삶과 세월을 느끼게 한다고 말은 잘하지. 하지만 나는 그래. 정작 자신의 현실에 대한 인식은 부족한 것 같아. 아니 아예 없는 것 같아. 늘 그게 문제라니까…….

"어서 오세요. 오늘은 3호 아저씨가 제일 늦었네."

제과점 여주인이 인사를 건넨다. 3호 아저씨, 그래 아저씨란다. 언제부터인가 윤은 그렇게 불리고 있다. 윤씨 혹은 아저씨…… 하지만 아직도 이 말이 낯설고 서글프다. 때론 이 호칭에 자존심이 상한다. 하지만 자존심이라니…… 아직도 극복하지 못한, 정말이지 어쩔 수 없는 속물근성의 하나일 뿐이다. 윤은 여주인을 향해 미소 짓는다.

제과점 안의 한 탁자에 마주 앉아 신문을 읽고 있던 수와 김도 미소 지으며 윤을 맞는다. 수는 택시팀의 리더로 1호차라고 불린다. 그리고 김은 2호차, 윤은 3호차로 각각 불린다. 이들 셋은 코리안 아메리칸이라는 의미를 담아 코암택시회사라 이름을 정하고 일 년 전부터 택시 영업을 시작했다. 다행히 호출이 꾸준히 늘어나 얼마 전부터는 4호와 5호까지 두게 되었다. 하지만 말이 택시 회사이지 사실은 각자의 차를 가지고 팀을 이루어 자가용 영업을 하는 형태이다.

윤은 제과점 입구에 놓인 커피 탁자에서 커피를 따라 들고 수의 옆으로 가서 털썩 주저앉으며 농담을 건넨다.

"아니 고참 운전사라고 장거리만 뛰고 코리아타운 내의 운전은 안 하는 겁니까?"

수가 흐흐흐 웃으며 말을 받는다.

"그럴 리가 있습니까. 코리아타운이든 어디든 우리도 같이 뛰어야지요. 새로 온 친구들에게도 더러 장거리를 나누어 주고 그래야 불만이 없어요."

김은 읽던 신문을 나누어 윤에게 건네주며 말한다.

"오늘 밤에 코리아타운에서 음주운전 단속을 벌인답니다."

"그래요? 오늘 밤에는 썰렁하겠네……."

그 말에 여주인이 끼어든다.

"택시 아저씨들은 오늘 같은 날에 영업이 더 잘되는 것 아닌가요? 대리운전도 많을 테고."

수가 얼른 말을 받는다.

"이런 날 우리들은 오히려 재미가 없어요. 술꾼들도 단속을 피해서 일찍 돌아가거든요. 오히려 케이크가 더 많이 팔리겠네요 뭐. 모처럼 가족들하고 단란하게 케이크를 나누어 먹는 것도 좋을 테니까."

여주인도 고개를 저으며 호호 웃는다.

세 사람은 잠시 더 신문을 뒤적인다. 이윽고 신문을 접어 탁자 한편으로 밀어 버리며 김을 혀를 쯧쯧 찬다.

5달러, 플러스 팁

"이놈의 본국판은 보질 말던가 해야지. 속이 터져서 원…… 민주화 투쟁 세력 좋아하시네. 권력만 잡았다 하면 이권에 눈이 어두워 청탁이다 압력이다 설쳐대니…… 그리고 이놈의 가짜 고춧가루는 심심하면 쏟아져 나오니 언제나 안심하고 먹게 될 건지 원…… 정말 불량식품을 만드는 놈들은 살인죄로 사형에 처해야 돼요. 날만 새면 부서져 내리는 부실 건물을 만드는 놈들도 그렇고…… 정말이지 창피해서 죽겠어."

수가 말을 받는다.

"아이고, 김형 또 흥분하시네. 그러니 나처럼 본국판은 스포츠와 연예만 보라구요. 미주판에선 음주단속 정보 같은 것이나 얻고 말입니다."

김은 금세 풀이 죽어 한숨을 푹 쉰다.

"그래요. 다 내가 무능한 탓이죠 뭐…… 이런 꼴들 보기 싫어서 미국까지 왔는데 제대로 떠나지도 못하고 겨우 코리아타운에서 밥 벌어먹고 있으니…… 글쎄 우리 마누라는 아직도 코리아타운을 떠나면 죽는 줄 알아요."

윤은 마음이 답답해진다. 그건 경우가 틀려. 한국의 부패마저 당신의 무능과 연결 지으려는 발상은 끝없는 자기 비하이거나 과대망상이라고 할 수밖에 없어…… 하지만 윤은 말을 삼켜 버린다. 제과점 여주인이 끼어든다.

"갑자기 마누라는 왜 끌어들여요?"

그리곤 금세 말을 잇는다.

"……하긴 말이 나왔으니 말이지만 처음 미국에 오자 마자 큰 맘 먹고 다른 데서 시작을 해야지 일단 코리아타운에서 시작하면 좀처럼 벗어나질 못한다고 하잖아요."

수가 말을 받는다.

"그래요. 맞는 말이에요. 이젠 다른 곳에 가서 살 자신이 없어요. 며칠 전 한국의 친구와 전화 통화를 했는데 이 친구가 나더러 한국 떠난 지 4년이나 되었으니 이젠 영어 잘 하겠네 합니다. 참 기분이 그렇더라구요……."

윤은 그들의 대화를 그저 흘려듣는다. 늘 그런 이야기들, 해도 그만 안 해도 그만인 이야기들. 그래서 그날의 기분에 따라 같이 히히거리기도 하고 때로는 지겨움만 느끼게 되는 그런 이야기들…… 하긴 우리네 삶이란 그런 것이다. 하루 또 하루 끝없는 반복 속에서 우리는 냉소를 혹은 체념이라는 지혜를 배운다. 윤은 속으로 중얼거린다. 하늘 아래 새로운 날은, 하늘 아래 새로운 것은 없어. 이렇게 먼 미국 땅에서도 말이야…… 윤이 수에게 묻는다.

"할 이야기가 있다고 했지요?"

"아, 예……."

수는 먼저 김을 바라본다. 김이 고개를 끄덕인다. 수가 말한다.

"새로 온 5호를 어떻게 생각하세요?"

윤은 대답을 망설인다.

"5호의 어떤 점을 묻는 겁니까?"

윤이 되묻자 김이 거든다.

"단도직입적으로 말해서 우리와 함께 일을 할 만한 사람인가 묻는 거예요."

윤은 대답한다.

"글쎄요…… 길이 아직 서툴긴 하지만 부지런하잖아요. 밤이든 새벽이든 콜만 주면 뛰어나가고…… 무슨 문제라도 있습니까?"

수가 대답한다.

"그렇게 일 욕심이 많은 것도 문제라면 문제예요. 그만큼 돈을 밝힌다는 증거니까…… 5호가 우리 회사 이미지를 흐리게 하고 있어요. 손님들에게 팁을 요구한다는 거예요."

김이 말을 받는다.

"요즈음 따라 택시도 경쟁이 더 심해져 가는데 팁이라니요. 장거리라면 또 몰라요. 그것도 주면 받는다는 마음이어야지요…… 하지만 코리아타운 내에서 팁은 무슨 팁입니까. 그래 5불 요금에 플러스 팁이라면 너무한 것 아닙니까."

윤은 고개를 끄덕인다.

"나도 듣긴 했어요. 6가의 식당에 웨이트레스로 나가는 아가씨를 5호가 내 대신 태워다 준 적이 있는데 5불을 내니까 팁을 좀 주셔야죠 하더라는 거예요. 내 단골이라고 미리 이야기해 주었는데도……."

수가 말한다.

"아무래도 잘라야겠어요. 신문에 내면 기사는 얼마든지 구할 수가 있어요. 신참자에게 우리 정도로 콜을 많이 제공해 주는 회사도 그리 많지 않다구요."

잠시 후 윤이 말을 받는다.

"그 양반 길눈이 너무 어두워서 다른 데서는 받아주지도 않을 걸요…… 수형이 따로 불러서 주의를 한번 주세요. 계속해서 그런 불만이 들려오면 같이 일을 못한다고. 나이도 들만큼 들었으니 변화가 있겠죠…… 그리고…… 대리운전이나 장거리운전도 아닌데 밤 한 시건 두 시건 콜만 주면 말없이 나서는 사람도 그리 흔치 않을 겁니다. 그 양반이니까 군말 없이 해내지."

"그건 그래요. 밤늦게까지 손님을 지켜주는 것도 큰 일이지……."

김이 말을 받는다. 수는 고개를 끄덕이며 잠시 생각에 잠긴다.

"그렇다면…… 우리 조금 만 더 지켜봅시다. 일단 내가 주의를 단단히 줄게요."

단골손님들

수가 말을 마치자 마자 전화가 울린다. 이것도 음악이라고 할 수 있을까. 윤은 수의 전화에서 울리는 '엘리제를 위하여' 멜로디가 늘 천박하게만 느껴진다.

"네, 코암입니다…… 그렇습니다…… 네, 라스베가스로 가신다고요?"

수의 목소리에 활기가 묻어난다. 김의 눈도 함께 빛난다.

"아, 편도라구요? 네, 그러면…… 개스비를 포함 250불만 주십쇼…… 그럼요, 잘 해드리는 겁니다…… 한 시간 후에 출발하신다구요? 알겠습니다…… 네, 그리로 보내겠습니다."

수는 전화를 끊고 두 사람을 번갈아 바라본다. 윤이 말한다.

"나는 아침부터 장거리만 두 번 뛰었으니까. 둘이서 의논하세요."

김이 수를 향해 조심스럽게 말한다.

"수형은 배차도 하고…… 5호와 대화도 해야 하니까 이번엔 내가 가면 어떨까요?"

수는 마지못해 고개를 끄덕인다. 그때 다시 전화벨이 울린다. 지겨운 엘리제…….

윤은 설렁탕을 먹는다. 국물을 후루룩 마시고 깍두기도 씹어 먹는다. 먹을 때는 먹는 것만 생각하고 싶다. 설렁탕에 담긴 살코기는 살코기의 맛 그대로, 양지는 양지의 맛 그대로, 내장은 또한 내장의 맛 그대로 즐기고 싶다. 국물의 구수한 맛이며 깍두기의 매콤한 맛도 각각 그대로 음미하면서 먹고 싶다. 윤은 소위 미식가로 불리는 사람들이 부럽다. 사람들은 말한다. 미국에서도 LA만큼 먹거리가 다양한 도시도 없다고. 세계 각 나라에서 몰려온 이민자들이 많이 몰려 사는 때문일 게다. 수와 김 두 사람은 요즘도 시간이 나면 자주 어울려 유명하다는 타이 레스토랑을 비롯해 중국계, 일본계, 베트남계, 멕시코계, 이태리계, 러시아계 레스토랑들을 찾아다니며 각 나라의 음식 맛을 즐긴다. 처음에는 윤에게도 자주 동행을 권유하더니 윤의 반응이 시원치 않자 이제는 윤의 앞에서는 음식에 관한 이야기도 잘 하지 않는다. 언젠가 수는 말했다. 윤형은 먹으면서도 딴 생각을 하는 모양이야. 그러니 맛을 모르지…… 먹을 때는 먹기만 하라구요…….

"3호차 웨스턴(Western Avenue)과 7가(7th Street)의 맥도널드로 가세요."

윤이 식사를 끝내자 마자 기다렸다는 듯이 수의 목소리가 흘러나온다. 윤은 무전기를 집어든다.

"오케이, 곧 날아갑니다."

웨스턴과 7가에 있는 맥도널드의 야외 탁자들은 거의 한국노인들이 점령하고 있다. 커피 한잔을 앞에 놓고 멍하니 앉아 있는 노인들, 신문을 보는 노인들, 서로 논쟁을 벌이거나 장기를 두고 있는 노인들의 모습이 마치 한국의 노인정을 연상시키기도 한다. 아무리 그래도 영업하는 식당인데…… 처음 한동안은 그곳에 들르거나 차로 지나칠 때마다 윤은 왠지 마음이 불편했다. 앉아 있는 사람들은 태연하기만 한데 자신이 오히려 대상도 없는 누군가에게 미안한 마음이 들곤 했다. 하지만 지금은 이런 장면들이 그런데로 정겹게까지 느껴진다. 하루 종일 주위를 청소하는 종업원들도 말이 없는데 내가 뭘…… 하는 마음도 든다.

윤이 주차장으로 들어서자 낯익은 세 사람이 택시를 기다리고 있다.

이들 셋은 다 장애인이다. 한 여자는 다리가 불구여서 휠체어에 앉아 있고, 두 명의 남자는 뇌성마비 장애인인데 세 명이 다 정신 수준을 가늠하기가 어려운 사람들이다. 윤은 차에서 내린다.

"아이고, 아저씨가 오셨네."

남자 중 젊은 친구가 얼굴을 일그러뜨리며 어색한 발음으로 인사를 한다. 여자와는 부부라고 했다.

"모두 외출 나온 모양이네요."

윤도 인사를 하며 여자의 휠체어를 싣기 위해 차의 트렁크를 연다. 그리곤 한 사람씩 차에 태운다. 세 사람은 한 아파트에서 함께 살고 있다.

"아저씨는 참 친절해요, 고맙습니다."

여자의 새삼스러운 인사에 윤은 그저 미소 짓는다.

"그래 요즈음도 인쇄 일을 합니까?"

윤의 물음에 나이가 든 남자가 말한다.

"그만두었어요. 하루 9시간 일에 시간당 1불이 고작인 걸요. 차라리 집에서 노는 것이 좋아요."

"그래요? 아무리 일을 빨리 못한다고 해도 그렇지. 법정 최저 노임에 턱없이 모자라잖아요. 한 시간당 6불 75센트가 캘리포니아 법상의 최저 노임이라던데. 그러고도 그 회사 괜찮습니까?"

다시 젊은 남자가 말을 받는다.

"모르겠어요. 다들 도둑놈들이니…… 우리는 어차피 나라에서 먹여 살리니 상관이 없나 봐요. 오히려 일을 준 걸 고마워하래요."

"그래서 요즈음은 뭘 하면서 보냅니까?"

다시 윤의 물음에 이번엔 나이든 남자가 말한다.

"비디오나 보면서 살지요, 뭐."

여자가 젊은 남자의 머리를 때리며 말한다.

"얘는 술이나 마시구요."

다시 얼굴이 비틀리며 젊은 남자가 힘주어 말한다.

"한국에서 같으면 우린 벌써 굶어 죽었어요. 가족들도 버렸는데……."

이 사람들을 다섯 번쯤 태운 것 같다. 하지만 아직도 윤은 이 사람들의 정신 수준이 어떤지를 잘 모르겠다.

코리아타운의 한 한식 식당에서 웨이트레스로 일하는 30대의 여자 손님을 태웠다. 한 달 전부터 하루 네 번 우리 코암택시를 이용하는 손님이다. 오전 11시부터 오후 3시까지, 그리고 오후 6시부터 10시까지 하루에 8시간을 일하며 받는 한 달 월급은 1,000불, 그렇지만 팁으로 받는 돈 만도 한 달에 3,000불이 넘는단다. 지난해 이 식당에 들어갈 때 먼저 있던 웨이트레스에게 5,000불을 주고 자리를 샀단다.

"그래도 저는 운이 좋은 편이에요. 몇몇 잘 나가는 식당들을 빼고는 팁을 합쳐도 요즘은 2,000불이 힘들어요."

이 여자 손님은 오히려 남편이 걱정이다.

"……그런데 남자들은 정말 할 일이 없어요. 요즘은 청소 일자리도 잘 없고 페인트 일자리도 잘 없다지요. 워낙 멕시칸들을 싸게 쓸 수 있으니 한국사람은 잘 안 쓴다데요."

그래서 가족들의 운전이나 해 주던 남편은 미국 생활 일 년 만에 가족들만 남겨놓고 다시 한국에 들어가 버렸단다.

"어떻게든 애들 교육은 여기서 받게 해야지요. 애들 아빠는…… 그야말로 국제 실업자가 될까 걱정이에요……."

얼마 전 이 여자 손님과 하루 15불씩 쳐서 한 달 단위로 선금을 받기로 계약한 날, 수는 말했다.

"빌어먹을…… 사내놈들이 불쌍하지. 그래도 한국에서는 머리를 팔아서 살던 사람들이 이놈의 미국에 와서는 몸뚱어리도 못 팔고 있으니……."

운행일지

윤은 길가에 차를 세워놓고 다음 콜을 기다린다. 1분 후에 호출이 있을 지 10분 혹은 30분 후에나 불려갈지 아무런 가늠도 할 수가 없다. 하지만 다음 호출이 있기까지의 침묵은 그 침묵의 무게는 언제나 똑같다. 30초이던 30분의 침묵이던 그 무게는 동일하다는 말이다. 처음에는 그 버려지는 시간들이 아까워 마음으로 재촉을 하기도 했다. 5분이 지났잖아, 15분이, 아니, 벌써 30분이 지나고 있어…… 때로는 공연히 무전으로 수를 불러 보기도 했다. 콜이 이렇게 없습니까? 그럼요…… 돈보다도 길가에 서 있는 시간이 아까워서 하는 말이죠…… 이럴 줄 알았으면 집에 가서 기다리는 건데…… 그래서 윤은 한동안 영문법 책을 들고 다니기도 했고 영어 회화 테이프를 들어 보기도 했다. 하지만 주변이 산만해서인지 집중이 어려웠다. 오히려 집중을 위한 조급함으로 피곤하기만 했다. 이렇게 늘 마음만 바쁘게 그렇게 살아왔다.

그런데…… 또 하나 세월의 위로인가 윤은 어느 날 문득 아무런 생각도 없이 그저 기다리는 것에 익숙한 자신을 발견한다. 아니 정현종의 시 표현대로 '기다림마저 남의 것' 이 된 듯 그저 앉아 있는 자신을 발견한다. 시간이 아깝다는 마음의 재촉도 무언가에 집중해야 된다는 강박감도 사라졌다. 윤은 때때로 생각한다. 시간은 견뎌내야 하는 대상도 채워야 하는 대상도 아니다. 나는 이제 애쓰지 않는다. 그저 강물 위를 흐르며 주위의 풍경을 바라보듯 무심히 내 자신의 내면을 바라보며 흘러간다. 나는 이렇게 하루를 한 달을 일 년을 살아간다.

수의 아파트 거실이다. 수는 4호와 5호의 운행일지를 살피고 있다.

"이 새낀, 정말 질이 나빠!"

식탁에 앉은 수가 씹듯이 말을 뱉는다. 윤은 소파에 앉은 채 묻는다.

"4호차가 또 속였어요?"

수는 고개를 끄덕이며 말한다.

"내가 모르는 줄 아는 모양이야. 그야말로 손바닥 들여다보듯 훤히 보고 있는데…… 어제 운행일지만 해도 그래요. 공항에 다녀온 걸 다운타운 운행으로 적어놓았어요."

윤은 가볍게 한숨을 쉰다.

"정말 한심한 친구로군. 얼마나 됐다고 벌써 그런 장난을 한담……."

"이 새낀 몰라도 한참 몰라요. 20%를 받는 곳은 우리뿐인 걸. 다른 회사로 가 보라지. 대개는 25%를 받고 심지어는 무전기 사용료를 따로 받는 곳도 있는데."

윤은 동의한다는 듯 고개를 끄덕이다 문득 수의 얼굴을 살핀다. 이 친구 혹시, 나와 김에게도 불만이 있는 것은 아닐까…….

일을 나누어 받는 대가로 운전사들은 수입의 일부를 회사에 납부한다. 4호차가 운행일지를 거짓으로 적는 이유는 말할 것도 없이 매 건당 수입의 20%를 내는 것이 아까운 때문이다. 하지만 용납될 수 없는 일이다. 택시회사에서는 그 돈으로 전화를 받아 배차하는 사람에게 사례도 하고 호텔이며 마켓, 식당, 병원들을 찾아다니며 로비를 벌인다. 스티커며 명함을 만들고 기념품을 돌리기도 한다. 코암택시의 경우도 이 일을 전담한 수가 수완이 좋았고 윤과 김이 처음 석 달간은 거의 50%를 떼어주며 뒷받침을 해주었기에 지금은 다섯 명이 바쁘게 돌아가고 있다. 그래서 그 기득권을 인정해 윤과 김은 10%를, 그리고 나중에 들어오는 사람들에게는 20%를 받게 된 것이다. 이 세계에선 요즘도 이런 중계료가 아깝다고 서넛이 모여 택시회사를 하나 만들었다간 한두 달 만에 손을 들어 버리는 경우가 자주 발생한다.

김이 아파트 문을 열고 들어선다. 그리곤 스스럼없이 주방으로 가 냉장고에서 코카콜라를 꺼내어 마신다. 김은 윤의 옆으로 와 털썩 주저앉는다.

"헐리웃파크 카지노에서 허탕치고 오는 길이에요. 빌어먹을! 아무리 기다려도 나와야 말이지!"

수가 낄낄 웃으며 말한다.

"그러게 내가 뭐라고 했어요? 단골손님일수록 선금을 받아야 한다니까. 카지노에 가는 인간들 치고 약속한 시간을 지키는 인간 있습디까. 돈을 다 잃어야 일어서지…… 그리고 어쩌다 약속을 지킨다 해도 이미 돈을 다 잃은 후이니 택시비도 없기 마련이잖아요."

수는 다시 운행일지로 눈길을 돌리며 말한다.

"자, 운행일지를 검토하고 청요리나 먹으러 갑시다. 며칠 전부터 라디오에서 새 중국집 선전을 하던데…… '장수반점'이라던가, 한국에 살던 화교가 하는 집인데 그야말로 정통 한국식 중화요리를 한답디다. 윤형도 같이 갑시다."

윤이 대답한다.

"그래요, 나도 자장면이나 먹지요 뭐."

수는 김에게도 4호차의 운행일지 건을 설명한다.

"치사하게 돈을 속이는 놈은 두고 볼 것도 없어요. 내보냅시다!"

김도 뱉듯이 말한다. 수는 고개를 끄덕이며 말한다.

"아무튼 빠른 시일 안에 내보냅시다. 하지만 뭐라고 말한담…… 치사하게 운행일지를 들먹일 수도 없고……."

한밤의 대리운전

밤 11시, 윤은 하품을 하며 노트를 덮는다. 이놈의 영어 단어는 두 개를 외우면 다음날 한 개를 잊어 버린다니까. 정말이지 언제나 영어에서 좀 자유로워지려나…… 윤은 샤워를 하기 위해 책상에서 물러난다. 오늘은 그만한다고 수에게 신고를 해야지, 윤이 무전기를 집어드는 순간 수의 목소리가 흘러나온다.

"3호차, '나포리 클럽'에서 대리운전 요청입니다."

윤은 쓰게 웃는다.

"네, 곧 출발하겠습니다. 그런데 …… 누구랑 같이 갑니까?

"내가 함께 가지요, 뭐…… 손님을 모시고 출발하면서 행선지를 알려주세요. 뒤따라 갈게요."

"그럽시다. 먼저 출발할게요. 그래도 나포리 영에게 공을 들인 보람이 있으니 다행이네요……."

수가 낄낄거린다.

"아무튼 윤형은 인기가 좋다니까."

윤은 아이고 하며 웃는다.

"수형이 먼저 연결해놓곤 왜 그럽니까."

코리아타운의 술집들에 택시회사 명함을 뿌릴 때 수는 주인만을 상대하지 않는다. 호스티스들에게도 따로 명함을 맡긴다. 그리곤 대리운전을 연결해 주는 조건으로 호스티스들의 출근 시에 무료로 차를 제공하기도 한다. 그러다 보니 자연스럽게 파트너가 정해졌고 나포리의 영은 말하자면 윤이 담당을 하게 되었다.

윤이 나포리에 도착하자 입구에서 서성이던 영이 얼른 안으로 들어가 한 사내를 부축해 나온다. 삼십대 초반으로 보이는 사내는 이미 술에 절어 눈의 초점도 흐려 있고 걸음걸이도 풀려 있다. 사내는 연신 영의 어깨와 가슴을 주무르며 지껄인다. 나 오늘 잡에 안 간다니까. 야, 우리 같이 한잔 더 하자구. 오늘 밤에 연애도 한 번 하구 말이야…… 하지만 사내는 윤의 부축으로 차에 오르자 의외로 순순히 자기 집 주소를 이야기하곤 그대로 정신을 잃고 만다. 윤은 사내가 한손에 쥐고 있는 차 열쇠를 빼낸다.

"저 때문에 고생하시겠어요. 3호 아저씨를 괜히 불렀나 봐요…… 미안하고 창피하고 그렇네요……."

영은 언제 들고 나왔는지 윤에게 코카콜라 캔을 내밀며 말한다.

"별일이야 있겠어요? 불러주니 우리는 고맙지요."

윤은 사내의 차에 오르려다 잠시 영과 마주선다. 자그맣고 갸름한 얼굴이 백지장처럼 하얗다. 퍼머기 없는 단발머리가 어울리는 가늘고 긴 목…… 영에게선 청순한 인상마저 풍긴다. 그래, 멀쩡한 아가씨가 이게 무슨 꼴이니 창피한 걸 알면 이런 식의 돈벌이는 하지 말아야지…… 윤의 눈에 차가움이 담긴다. 하지만 이어서 느껴지는 연민의 감정…… 윤은 말한다.

"다녀오면 한 시가 넘을 것 같은데…… 내 차로 퇴근시켜 줄게요."

사내가 일러준 집 앞에 도착했다. 하지만 깊은 잠이 든 사내를 흔들어 깨우고 차에서 끌어내리느라 윤은 진이 다 빠져 버렸다. 겨우 정신이 든 사내는 윤이 내미는 차 열쇠를 받아들곤 주머니를 뒤져 100불 지폐를 한 장 꺼낸다. 사내는 뒤도 안 돌아보고 비틀거리며 집으로 향한다. 윤은 한숨을 삼킨다. 한심한 인간. 정말이지 너 같은 놈들 때문에 나는 대리운전이 영 내키지 않아. 윤은 지갑에서 꺼내들었던 잔돈 20불을 주머니에 도로 쑤셔 넣는다……

문득 이곳이 그리 안전한 동네는 아니라는 것에 생각이 미친다. 그나저나 이 친구는 왜 아직도 못 오는 거야. 윤은 무전기를 들어 수를 부르려다 그만둔다. 곧 오겠지. 그래도 주택가인데 별일이야 있을까. 그래 저기 큰길의 주유소 앞에서 기다리는 것이 낫겠다. 윤은 큰길을 향해 걸음을 옮긴다. 하지만 몇 걸음도 채 옮기지 않아 뒤에서 누군가 다가오는 기척을 느낀다. 윤은 뒤를 돌아본다. 두 명의 흑인 사내가 몸을 잔뜩 움츠리고 윤에게 다가오고 있다. 자, 어떻게 할까…… 그렇다, 수의 이름을 크게 부르며 달려 나가자! 하지만 잠시 머뭇거린 사이에 윤을 가운데 놓고 양편에서 한 사람씩 바짝 달라붙는다. 아, 늦었구나!

"헤이, 천천히 좀 걸으라구!"

오른편의 사내가 말한다. 이어서 왼편 사내는 자켓 주머니에 손을 넣은 채 윤의 옆구리를 가볍게 두세 번 찌른다. 뭉툭한 쇳덩이의 감촉이 느껴진다. 그래, 권총이구나! 윤은 다리의 힘이 다 빠져나가는 것 같다. 그냥 주저앉고만 싶다.

"친구! 옆을 보지 마. 앞만 보면서 천천히 걸으라구."

왼편의 사내가 히죽 웃으며 말한다. 사내는 윤의 손에 들린 무전기를 빼앗아 자기 주머니에 넣는다. 윤은 휘청거리며 걷는다. 짧은 사이 무력감, 분노, 두려움, 절망의 감정들이 어지럽게 교차되어간다. 도대체 이게 무슨 일인가…….

"돈을 줘."

오른쪽의 사내가 짧게 말한다. 윤이 바지 주머니에 손을 넣으려 하자 사내가 급히 말한다.

"스톱, 손을 넣지 마! 내가 꺼낸다. 여긴가!"

사내는 윤의 주머니에서 지갑을 꺼내 자기 주머니에 넣는다. 그리곤 윤과 어깨동무를 하며 말한다.

"돌아보지 말고 그대로 천천히 걸어가라구. 알겠지?"

윤은 고개를 끄덕인다. 사내가 한번 더 다짐을 한다.

"친구, 돌아보면…… 알겠지?"

다시 윤은 고개를 끄덕인다. 그때 왼편의 사내가 자켓 주머니에서 손을 빼는가 싶더니 그대로 윤의 옆구리를 힘껏 가격한다. 헉 하며 윤은 그 자리에 고꾸라진다. 사내들의 잰 발걸음 소리가 들리고 이어서 어디선가 나타난 차가 급히 떠나는 소리도 들린다. 하지만 윤은 통증 때문에 고개조차 들 수가 없다. 윤은 옆구리를 움켜쥐고 그대로 길바닥에 누워 숨을 헐떡인다.

주식회사 '한강'에서 있었던 일

……또 그런 꿈이다. 고등학교 시절의 교실, 독사라는 별명으로 통하는 독일어 선생의 시간이다. 하지만 꿈속에서는 그가 너무나 자연스럽게 수학 선생으로 비춰진다. 선생은 한 사람씩 칠판 앞으로 불러내 수학 문제를 풀게 한다. 앞의 친구들은 척척 잘도 푼다. 드디어 윤의 차례가 왔다. 윤은 칠판 앞에 선다. 하지만 어떻게 풀어야 할지 캄캄하기만 하다. 친구들이 키득키득 웃는다. 너무나 창피하다. 선생도 윤을 비웃으며 몽둥이로 옆구리를 쿡쿡 찌른다. 그 통증에 헉 하며 윤은 교실 바닥에 쓰러진다. 이 새끼 엄살 부리는 것 봐. 선생이 이번엔 발로 옆구리를 툭툭 찬다. 아, 정말이에요. 너무 아파요. 하지만 윤은 이것이 창피함에서 오는 아픔이라고 생각한다. 말도 안 돼! 야 기어 봐, 기어 보라구! 친구들이 합창하듯 소리를 지른다. 윤은 신음하듯 말한다. 창피해, 그리고 아파, 창피해, 그리고 아파…… 윤은 잠에서 깨어난다. 잠결에 왼쪽으로 돌아눕는 바람에 심한 통증이 온 모양이다. 2, 3초에 불과했을 순간에 그렇게 긴 꿈을 꾸다니…… 윤은 옆구리가 결려 한숨도 조심스럽다. 정말 이상한 일이다. 얼마 전부터 이런 종류의 꿈을 자주 꾼다. 곧 시험을 볼 텐데 공부를 전혀 못해 걱정에 짓눌린다던가, 시험지를 받아들었는데 하나도 몰라 가슴이 답답하던가, 친구들

이 보는 앞에서 한문을 못 읽고 영어 문제를 못 풀어 창피를 당한다던가 하는 꿈들이 상황과 모양만 조금 달리해 펼쳐지곤 한다. 꿈 끝에 잠이 깰 때마다 윤은 신음처럼 중얼거리곤 한다. 아, 이것은 무슨 의미일까 무엇을 암시하고 있는 것일까…… 옆구리의 통증과 몸살이 겹쳐 닷새를 앓으면서 윤은 비로소 거듭되는 꿈의 이유를 알 것 같다. 무언가 소중한 일을 잊고 있기 때문이다. 무언가 해야만 하는 일을 하지 않고 있기 때문이다. 운전사 일이 삶의 전부가 될 수는 없다는 마음의 반란이 계속되고 있는 것이다. 하지만 다시 일어서는 반문…… 운전사가 어때서? 초라하다고? 그렇다면 너는 무엇이 되고 싶은데? 아니, 너의 지난날은 그렇게도 찬란했었나? 지난날…… 찬란했던…… 헉, 다시 옆구리가 결린다.

"대학 선배이자 직장 선배로서 자네를 끝까지 이끌어 주지 못해 정말 미안하네……."

주식회사 '한강' 의 전무이사였던 최 선배가 주주총회에서 재신임을 못 받아 물러나면서 윤에게 한 말이다. 지나온 육 년간 그와 동행하며 평사원에서 대리, 차장을 거쳐 부장이라는 직급으로 비교적 빠른 승진을 해 부러움을 사던 윤이 함께 추락하던 순간이기도 했다.

"회사가 요구하는 사람은 결국 이익을 많이 남겨주는 사람이야. 그런 의미에서 나처럼 이익을 많이 남겨주는 인재가 어디 있냐, 자네는 나만 믿으면 돼……."

　실제로 일 년의 반은 미국으로 유럽으로 바쁘게 날아다니며 와이셔츠를 팔아 한강에 많은 이익을 남겨주던 최 선배의 눈부신 실적도 하지만 새로 등극한 '오너 2세'의 대차대조표에서는 마이너스가 되었던 모양이다. 그래서 주식회사 한강 안에서 '최현우파'로 명명되던 줄이 하나 무너졌다. 전무이사, 관리이사, 부장, 차장, 대리에 이르는 줄 하나가 하루아침에 없어진 것이다. 그 후 최 선배는 절망에 빠져 술로 날을 지새우게 되었다는데 거의 동시에 회사에서 밀려난 윤은 그렇지도 않았다. 어차피 세상살이를 편히 하려면 줄을 잘 서야 한다는 것을 하지만 그 줄이라는 것도 마음대로 골라지는 것은 아니라는 사실을 윤은 일찍이 '제비뽑기' 식의 중고등학교 입학에서부터 알고 있었으니까. 그리고 군대 시절을 통해서도 철저히 체득하고 있었으니까…… 하지만 대한민국 논산 군번의 최 선배가 왜 이 사실을 잊어 버렸는지 윤은 오히려 안타까운 심정이었다.

　윤은 일 년 가까이 한껏 게으름을 부리며 늦잠을 잤고 남산 도서관을 다니며 읽고 싶은 책도 실컷 읽었다. 그런 후엔 어디 변두리에 치킨가게나 열어 볼까 기웃거리고 다니던 중 일찍이 미국으로 시집온 누나가 혹시 모른다며 신청해 두었던 '형제 이민' 이라는 새로운 인생의 줄이 십 몇 년 만에 갑자기 나타나 미국으로 건너오게 되었다.

여행용 가방

"네, 코암입니다."

윤은 침대에 비스듬히 기대앉아 전화를 받는다. 어제부터 몸살기는 사라졌는데 옆구리의 통증은 아직 남아 있어 집에서 쉬며 배차를 맡기로 했다.

"저, 영이에요⋯⋯."

"아, 네, 어쩐 일로?"

윤은 똑바로 앉으려다 옆구리가 결려 주춤한다.

"⋯⋯많이 아프시다면서요?"

영이 조심스럽게 묻는다.

"그냥 견딜 만합니다⋯⋯ 차를 보내드릴까요?"

"아니에요! 차 때문이 아니에요⋯⋯."

영의 목소리가 순간 높아졌다가 얼른 작아진다.

"저 때문에⋯⋯ 정말 미안해요⋯⋯."

"영 때문이라니요⋯⋯ 재수가 없어서 그랬죠 뭐."

윤은 문득 가슴이 다 뭉클해 온다. 하지만 이것은 무슨 감정일까⋯⋯.

"아니에요, 저 때문에 고생하시는 거예요⋯⋯."

윤은 가만히 다음 말을 기다린다.

“저기…… 문병을 가도 돼요?”

“글쎄요…… 그럴 것까지야…….”

윤은 방을 한 바퀴 둘러본다.

“집안도 지저분하구…….”

영이 말을 받는다.

“사실은…… 저, 벌써 아파트 앞에 와 있어요…….”

그때 전화기에서 통화 대기 신호가 들린다. 윤이 급히 말한다.

“그러면 들어오세요. 또 전화가 왔으니 끊을게요.”

윤은 갈 데 없이 환자가 되어 침대에 비스듬히 누워 있다. 영을 자연스럽게 받아들이기 위해선 그럴밖에 없었다. 윤이 아무리 말려도 소용없었다. 영은 아파트에 들어서자 마자 소파에 널려 있는 옷가지들을 가지런히 정돈하곤 행주를 빨아 지저분한 식탁을 말끔히 닦아내느라 싱크대에 수북이 쌓인 그릇들을 씻느라 바쁘게 움직인다. 영은 빨랫감까지 챙겨 샤워실의 바구니에 넣어놓곤 비로소 윤의 침대 옆에 놓인 소파에 앉는다.

윤은 말문이 다 막힌다. 하지만 마음 한편에 잔잔히 느껴지는 어떤 평화로움과 따뜻함…… 윤의 눈길이 주방 탁자 위에 놓인 빨간 장미 화병에 머문다. 한 송이, 두 송이…… 셋, 넷, 다섯, 여섯, 일곱 송이…… 아, 놓쳐 버렸네, 많이도 꽂아놓았다.

“장미가 아름답죠? 화병이 없을 것 같아서 화병도 함께 샀어요.”

영은 고개를 돌려 아파트를 돌아본다. '싱글'이라 불리는 윤의 아파트는 자그마한 공간이 침실을 겸한 거실 한 칸과 목욕실, 주방들로 구분되어 있다. 윤은 거실 한 벽에 책상과 책장을 붙여놓았다. 책상과 마주 보이는 벽 쪽엔 침대를 그리고 침대 앞엔 일인용 소파를 놓았다. 그리고 또 한쪽 벽에 덩그러니 놓인 문갑, 그 위에 TV와 카세트 라디오를 올려놓았다.

"갑자기 집안이 환해졌어요. 식탁에 꽃이 다 놓이고…… 내겐 너무 화려한 것 같아요."

영의 눈길이 침대 옆의 벽에 세워놓은 커다란 여행용 가방에 멈춘다.

"왜 옷장에 안 넣어두었어요?"

윤은 영이 새삼스럽게 놀랍다. 그걸 물어 보는 사람은 아무도 없었는데…… 그건 내 마음의 비밀이야…… 하지만 한 사람쯤은 그 비밀을 알아도 괜찮겠지, 그러니 네게만 말을 해 주지.

"언제든지 쉽게 떠나려고요…… 저 가방을 보면서 여기의 삶은 임시라는 생각을 하곤 합니다. 그러면 왠지 마음도 느긋해져요…… 이를테면 마음을 가볍게 가지려는 한 방편이에요."

영은 고개를 끄덕인다.

"템퍼러리 생활, 템퍼러리 사람…… 알 것 같네요."

영은 가볍게 한숨을 쉬며 일어선다.

"전복죽을 사왔어요. 데워드릴게요."

그동안 고마웠어요

"5호가 기어이 일을 저질렀어요."

전화기 저편에서 수가 말한다.

"무슨 일입니까?"

윤은 운동 삼아 거실을 왔다 갔다 거닐며 전화를 받고 있다.

"그렇게 조심하라고 일렀는데…… 공항 경찰에 차를 빼앗기고 말았대요."

"아니, 어쩌다가……."

"돈을 주고받다가 들켰다는 거예요."

공항에서의 영업은 정식 허가를 받은 택시만이 할 수가 있다. 따라서 윤과 같은 택시들은 손님들에게 양해를 얻어 공항에 들어가기 전에 미리 요금을 받아야 한다. 때로 의아해하는 손님들에게는 저희는 관광 허가만 있기 때문에 공항에서 영업을 하다가 적발되면 곤란하거든요 하면서 적당히 둘러댄다. 수가 다시 말한다.

"뻔해요. 또 팁을 요구하다가 걸린 거지 뭐."

윤이 말을 받는다.

"그랬어도 손님에게 빨리 자기 이름을 일러주고 경찰에겐 친구라고 둘러댔으면 무사했을 텐데……."

대체로 공항 경찰들은 두 사람을 따로 세워놓고 이름을 물어 보는 것으로 심문을 끝내기 마련이었다. 실제로 윤의 경우에도 언젠가 공항 경찰에 적발되었을 때 얼른 자신의 이름을 손님에게 일러준 뒤 친구라고 말해 무사히 넘어간 경험이 있다.

"그것도 이젠 안 통해요. 수상하면 차 안을 뒤진다는 거예요, 무전기며, 택시 명함들이야말로 확실한 증거품이 되니까."

"아무튼 그 양반 걱정이네요…… 그런데 우리는 지장이 없겠습니까?"

"경찰이 마음만 먹으면 우리를 적발하는 거야 일도 아니겠지만 그렇게까지 벌인 적은 없었잖아요. 하지만 벌금을 물고 차를 찾아올 때까지는 안심을 할 수 없는 일이죠 뭐."

윤은 손을 들어 옆구리를 쓸어 보며 말한다.

"콜은 밀리는데 두 대나 운행을 못하니…… 어쨌든 미안합니다."

수가 얼른 말을 받는다.

"아이고, 그런 말 마세요. 나야말로 윤형에게 미안해 죽겠는데."

영이 윤의 집에 다니기 시작한 지도 벌써 닷새가 되었다. 오후 한 시가 되면 윤은 은근히 영이 기다려진다. 조금 늦어지면 투정하는 마음도 생긴다. 하지만 영을 생각하면 언제나 동일한 크기로 일어서는 두 갈래의 마음…… 흐흐, 가는 데까지 가 보는 거야. 임시 애인으로선 괜찮지 뭐 얼굴이며 몸매도 그렇고…… 또 하나, 마음의 주문, 나는 이제 결정을 해야만 한다. 영을 진지하게 받아들이던가 아니면 이쯤에서 끝내야만 한다. 윤은 고개를 끄덕인다. 그리고 윤은 고개를 젓는다.

"오늘은 삼계탕을 사 왔어요. 괜찮죠?"

음식을 차리며 영이 묻는다.

"괜찮지 않으면 어떻게 하겠어요. 선택의 여지가 없는 걸."

영은 금세 걱정스러운 표정이다.

"그러면…… 안 좋아하시면 다른 걸로 사 올게요."

"아니에요, 나…… 사실은 감탄하고 있었어요. 어떻게 내가 좋아하는 것으로만 그렇게 잘 사 오나 하고 말입니다."

영은 미소 지으며 말한다.

"여기에 왔던 첫날 수에게 물어 봤어요…… 윤이 좋아하는지는 모르겠지만 몇몇 음식 자주 먹는 걸 보았다나요. 그리고 또 말하데요. 윤은 먹는 걸 별로 즐기지 않는다고……."

윤은 고개를 저으며 말한다.

"게을러서 그렇지 뭐…… 다양하게 먹고 즐기려면 부지런해야 하겠더라구요. 나는 그냥 몇 가지 익숙한 것들을 잘 먹어요."

두 사람은 함께 식사를 한 뒤 후식으로 사과와 커피까지 먹고 마셨다.

"내일부터 일을 시작하려고요."

윤이 말했다. 영이 조심스럽게 묻는다.

"아직 결린다면서요?"

지난 닷새 동안 그랬듯이 윤은 침대에 비스듬히 기대어 앉고 영은 소파에 앉아 있다.

"운전은 할 만해요…… 핑계 김에 오래 쉬었죠 뭐. 그동안 정말 고마웠어요……."

잠시 대화가 중단되었다. 영은 눈길을 아래로 낮춘다.

"……나는 윤이 오래오래 누워 있으면 했어요. 그러면 내 역할도 오래 계속될 수 있잖아요……."

그래, 바로 지금이야. 나는 너를 보내야 해. 우리가 만약에 더 길어지면…… 서로가 추해질지도 몰라…… 쉽게 서로의 몸을 만지고 쉽게 떠나보내는 그런 만남이라면 내겐 정말 의미가 없어. 하지만 너를 보면서 지금 내가 느끼는 이 갈증은 무엇일까. 이것은 진실일까…….

"요즘 수가 출근시켜 줍니까?"

영은 고개를 끄덕인다. 윤은 문득 차갑게 식는다.

"나는…… 솔직히 말할게요…… 아무렇지도 않게 다시 영을 거기에 데려다 줄 수가 없어요…… 그러니 수에게 계속하라고 말할게요."

코리아타운을 떠나며

윤은 수의 아파트 현관에 들어선다. 수와 김 두 사람이 무거운 표정으로 소파에 마주 앉아 있다. 윤은 말없이 김의 옆에 앉는다. 잠시 후 수가 말한다.

"자, 의견을 모아 봅시다. 어떻게 하면 좋겠어요?"

김이 한숨을 쉬며 말한다.

"정말 더럽게 걸렸지 뭡니까. 4호 새끼, 순순히 나가지 않을 거라고 생각은 했었지만 그렇게 뒤통수를 때릴 줄은 몰랐어요. 두 달밖에 안 된 놈이 함께 키웠으니 권리를 인정해달라니."

윤이 묻는다.

"그래, 전화번호 하나를 안 주면 정말 신고를 하겠다는 겁니까?"

수가 말을 받는다.

"허가받은 택시회사들이 요즘 무허가 택시들을 협박 반으로 흡수하고 있잖아요. 만약에 우리가 번호 하나를 안 주면 그들과 거래를 하겠다는 거예요. 우리에 대한 자세한 정보를 제공하면 취직도 되고 지분도 인정을 받게 된다나요."

윤이 다시 묻는다.

"그래서 얼마를 주겠다는 겁니까?"

수가 대답한다.

"사천 불에 팔라는 거예요. 자기도 그 정도는 기여를 했다나요."

김이 말을 받는다.

"개새끼, 보통 한 달 매상의 2.5배는 쥐야 하는 것 아닙니까. 그게 만불은 가는 건데……."

윤이 가볍게 한숨을 쉬며 말한다.

"그 친구는 피하는 게 상책이에요. 그렇게 넘겨주고 관계를 끊는 것이 좋을 겁니다. 세상에 경우 없는 인간보다 무서운 인간은 없다고들 하잖아요. 어차피 단골들도 그 전화번호로 한두 번 타 본 뒤에 내막을 알게 되면 우리 번호로 콜을 할 겁니다. 그리고……."

윤은 잠시 말을 멈춘다. 수와 김은 윤을 바라본다.

"당분간 수입이 줄긴 하겠지만…… 한 사람이 빠지면 별 차이가 없지 않겠어요. 나는 이쯤에서 운전을 그만했으면 해요."

수가 놀라며 말을 받는다.

"아이고 윤형, 이왕에 한 배를 탔는데 먼저 내려 버리면 어떻게 합니까."

김도 말한다.

"윤형은…… 강도당하고 난 뒤 생각이 바뀐 겁니까?"

윤이 말을 받는다.

"수형과 김형에겐 고맙다는 말밖에는 할 말이 없어요…… 여러 가지로 생각해 보고 이젠 무언가 오래도록 할 일을 찾아야겠다는 결심을 한 겁니다. 아직 구체적인 아이디어는 없지만 조그만 마켓을 해 볼까 싶어요. 처음에는 장사라는 것을 엄두도 못 냈는데 운전을 하다 보니 정말이지 내가 뭐를 못할까 하는 마음이 생겼어요. 이것 하나만으로도 지난 일 년은 내게 큰 소득이었어요……."

잠시 후 수가 말을 받는다.

"윤형의 결심이 그렇다니 우리가 말린들 소용이 있겠습니까. 더구나 더 나은 일을 해 보겠다는 데야 축하할 일이죠 뭐……."

김도 고개를 끄덕인다. 수가 다시 말한다.

"……아무튼 오늘 저녁엔 셋이서 술이나 한잔합시다. 윤형의 지분도 계산해 보아야 할 테니까……."

윤은 고개를 저으며 말한다.

"그만두세요. 지분은 무슨…… 나는 두 사람이 잘 되기만을 빕니다. 정말이지 나중에 그럴듯한 관광회사 하나 만들게 될지 혹시 압니까. 그때는 나도 불러주세요."

영의 아파트 앞이다. 무심코 아파트 입구 계단을 내려오던 영은 차 앞에 서 있는 윤을 발견하곤 깜짝 놀라며 그 자리에 서 버린다.

"어떻게……."

영은 반가움과 어떤 부끄러움에 얼굴마저 빨갛게 상기된다. 나

는 이런 네 모습을 좋아하지. 마음에 아무 준비도 없을 때 드러나
는 너의 순수함이 좋아…… 윤은 앞좌석 문을 열어주며 말한다.

"자, 얼른 타세요. 영을 납치하러 왔어요."

영이 자리에 앉자 윤도 운전석으로 돌아와 앉는다.

"나랑 어디 좀 갑시다. 괜찮죠?"

영은 말없이 고개를 끄덕인다.

"오늘 나포리에 못가요…… 괜찮죠?"

영은 말없이 고개를 끄덕인다.

"나, 운전 그만두기로 했어요. 수에게 들었죠?"

영은 말없이 고개를 끄덕인다.

"코리아타운을 떠나 멕시칸 동네에 작은 마켓을 하나 얻으려고
해요."

영은 말없이 고개를 끄덕인다.

"나랑 같이 일해요. 나포리 그만두고……."

윤은 고개를 돌려 영을 바라본다. 두 사람은 잠시 마주 본다. 영
이 먼저 고개를 숙인다.

"영이 싫다고 하면…… 나는 가게 안 해요……."

영은 고개를 숙인 채 말이 없다.

"……이젠 내 침대 옆의 가방도 옷장 깊숙이 넣어두려고 해요."

영은 여전히 고개를 숙인 채 말이 없다.

윤의 손이 눈먼 듯 천천히 다가가 영의 어깨를 안는다. 손을 통

해 전달되는 어깨의 가벼운 떨림…….

　잠시 후 윤은 차를 몰아 아파트를 벗어난다. 영의 눈가에 어떤 기쁨의 눈물이 맺힌다.

미국에 이민 와 10년을 넘게 살면서
내가 확인한 것은 그야말로 '삶은 어디에나 있다' 는 평범한 사실이다.
이것을 진작 알았더라면 이민을 오지 않았을까?
아메리칸 드림?
가끔씩 왜 이민 왔느냐는 질문을 받으면 이렇게 대답한다.
그냥 떠나고 싶었어요…….
_작가의 말 중에서